U0562385

GREEK MYTHOLOGY FOR CHILDREN

希腊神话全书

全6册

特洛伊之战

〔希腊〕莫奈劳斯·斯蒂芬尼德斯 (Menelaos Stephanides) 著
〔希腊〕雅尼斯·斯蒂芬尼德斯 (Yannis Stephanides) 绘
彭 萍 等译

中国出版集团
中译出版社

GREEK MYTHOLOGY FOR CHILDREN
by Stephanides Brothers

著作权合同登记号：图字 01-2021-1120 号

图书在版编目（CIP）数据

希腊神话全书 ： 全6册 / （希） 莫奈劳斯·斯蒂芬尼德斯著 ；（希） 雅尼斯·斯蒂芬尼德斯绘 ； 彭萍等译. 北京 ： 中译出版社, 2024. 7. -- ISBN 978-7-5001-7728-9

Ⅰ. I545.73

中国国家版本馆CIP数据核字第2024U6E746号

希腊神话全书（全 6 册）
XILA SHENHUA QUANSHU (QUAN LIU CE)

出版发行　中译出版社
地　　址　北京市西城区新街口外大街 28 号普天德胜大厦主楼 4 层
电　　话　(010) 68005858，68359827（发行部）68357328（编辑部）
邮　　编　100088
电子邮箱　book@ctph.com.cn
网　　址　http: // www.ctph.com.cn

出 版 人　乔卫兵
总 策 划　刘永淳
策划编辑　赵　青　朱安琪
责任编辑　黄亚超
文字编辑　赵　青　马雨晨　朱安琪
装帧设计　黄　浩　潘　峰

排　　版　北京竹页文化传媒有限公司
印　　刷　北京瑞禾彩色印刷有限公司
经　　销　新华书店

规　　格　880mm × 1230mm　1/16
印　　张　88.25
字　　数　891 千字
版　　次　2024 年 7 月第 1 版
印　　次　2024 年 7 月第 1 次印刷

ISBN 978-7-5001-7728-9　**定价：368.00 元（全 6 册）**

作 者 序

青少年读者应如何看待希腊神话

在远古时代，人类像小孩子一样喜欢神话故事。由于当时无力抵抗各种自然力量，人们过着难以想象的艰苦生活。可怕的自然力量在人类的世界横行无忌，一不留神就会遭受灭顶之灾。但与此同时，自然界雄伟壮美的景色又常常使他们心醉神迷，让人类对生活充满热情。

为了增加对现实生活的了解，希腊先民们苦苦搜寻着给他们带来恐惧和欢乐的自然现象的内在原因。由于科学知识的限制，他们寻求解释的种种努力总是以失败告终。因此，人们只好依靠想象力继续探索，这种想象力任意驰骋，创造出成百上千情节丰满、情感激荡的动人故事。而这些故事从某种程度上来讲，往往折射着先民们现实生活的艰辛，故事内核则涌动着一股强烈的悲情。

如此，便产生了神话和神话学。

对我们当今的读者来讲，神话里充满了传闻与幻想，它们似乎都是一些虚无缥缈的神仙故事。事实并非如此，在这些曲折、离奇的故事背后，隐藏着先民们曾经历过的、真实且永恒的事件。实际上，每一个民族的神话中，都可以窥见这个民族在古代生活的真实点滴，并且以他们自己的所见所闻和能够阐释的形式表现出来。更为重要的是，我们可以从中找到古人对人性、生活和宇宙本质的洞察与见解。

希腊的土地上，诞生了古老民族中体系最庞大的神话。希腊人出于对壮丽

山河、日常生活和一切美好事物的热爱，创造了自己独特的神话。希腊人崇敬那些神话中的英雄群体，崇敬他们依靠丰富想象力所创造出来的神灵——奥林匹斯山上的众神。希腊神话具有诗歌般的隽永意境，诸神又展现出超脱或世俗的特质，他们的言行蕴含着古老的道德观念及价值观念。

希腊神话历经数千年的口耳相传，原本存在于普通人心目中不朽的众神最终都会消失，为希腊神话故事所替代，完整地保存在各类哲学、历史、文学和艺术著作中。古往今来，灿若繁星的哲学家、史学家、文学家和艺术家从中汲取营养，取得了卓越的成就，留下浩如烟海的传世佳作。

因此可以说，希腊神话是西方文明不朽的源头活水。即便在今天，希腊神话仍然指导着不同年龄的读者理解美和善的含义。正是这种美和善以及希腊神话的可爱之处，促使我们尽心尽力改编、出版了这套图文并茂的青少年读物。

这套神话作品是专门为青少年设计的，历经 25 年的精心编写和打磨，目的是为青少年朋友们提供一套具有指导和教育意义的读物。同时我们也想使它成为一套能培养青少年优秀品格的图书，促使青少年远离市面上那些看起来有诱惑力但内容庸俗、浅薄的读物。

为了达到这一目的，我们采取了适当手法，把神话引入现实生活，而又不违背原作的内容和古典风格。我们清醒地认识到，高质量的插图不仅能吸引孩子们去阅读，而且能使他们对神话本身有更生动、更直观的了解，有助于在他们心中留下难以磨灭的印象。

对文字的处理，需要特别仔细、认真。将神话故事编成引人入胜的读物，则需要作者有深厚的文字功底。毫无疑问，我们已经尽心尽力。为了使这套《希腊神话全书》（全 6 册）具有教育价值，作者必须有正确的指导原则。

首先，那种认为希腊神话不适合青少年阅读的观点是片面、武断的。我们认为，希腊神话蕴含极其丰富的教育意义。有人说，希腊神话描述了某些天神言行中不公正的现象，不适合孩子们阅读。我们的观点恰恰与此相反。

希腊先民们根据他们生活中的现实素材创作了神话，在那个艰难困苦的远古时代，实际生活中的不公正现象比比皆是。如果我们用动听的言辞去美化那些不公正的现象，那才是不可取的，也是我们着力避免的。

还有人说，希腊神话之所以在人文教育领域占有一席之地，只是因为它有幸流传下来。这个观点也过于简单。具有永恒魅力的作品应归功于那些与荷马一样有出众才华的诗人，这与那些为了其他目的而编造的低俗神话毫无共同之处。

以上述观点作为指导思想，我们在浩如烟海的不同版本的神话作品中进行筛选，剔除了那些低级庸俗、违背现代教育宗旨的作品。我们发现，所有那些比较有意义的神话都很符合现代教育的需要。为此，我们深感欣慰。

我们编撰工作的最高目标是为了开发、弘扬希腊神话中丰富的优秀遗产，同时我们也尽量避免那种自以为是的说教腔调。我们沿袭着古希腊伟大剧作家的足迹，从希腊神话中选取素材，描述值得全世界推崇的、具有首选价值的故事。我们改编、出版这些神话故事的最根本原因和动力，是我们心里永远想着青少年读者。

我们不能要求每个孩子，尤其是年龄较小的孩子，都能理解这些深刻的思想。但是，即使他们不能完全理解，他们对某些情感和真谛还是能明白的。蕴含在神话中的寓意，实际上能增加青少年的阅读兴趣，促进他们对现实社会的理解。至于能否快速理解其中的深层含义，也没有太大关系，我们充分相信青少年读者的理解能力，并且鼓励他们从文字中获得探寻的乐趣。

我们的做法在多大程度上能使读者受益，只有请读者自己来做评价。

斯蒂芬尼德斯兄弟（Stephanides Brothers）

目　录

第 一 章

赫拉克勒斯的后代们

雅典娜的祭司在雅典卫城边耕地的时候，总会说出这样的话："不要对陌生人吝惜水和温暖，不要给人指错路；不要拒绝埋葬死者，也不要杀死能耕田的牛。"

事实的确如此，死者都会按照习俗得以安葬，否则死者的灵魂就要遭到永恒的折磨。在阴间，除了西西弗斯、坦塔罗斯、伊克西翁和 49 个达纳伊达斯姐妹之外，没有人要为自己在世俗世界犯下的罪孽而受到惩罚，无论他们生前是国王还是普通士兵，是敌人还是朋友，是正义的还是邪恶的。

正如俗话说的那样："逝者长已矣。"黑暗的地下世界中没有尊卑之分，给予死者应有的尊重是最重要的事情。

因此，我们总能看到几乎所有的战争都有休战期，以便交战双方能够有时间将死者安葬。不过，有时候仇恨和复仇的渴望会让人杀红了眼，相反的情况就会发生：交战双方为了抢夺阵亡士兵的尸体会再起战事，死者的战友们会拼命夺回尸体加以安葬，而敌人则会为了报复去抢夺尸体，让死者遭受永恒的折磨。

这就是安提戈涅冒着生命危险也要往哥哥的尸体上撒上泥土的原因，而出于复仇，克瑞翁则下令不允许掩埋她哥哥的尸体。

虽然波吕尼克斯最终被埋进了坟墓，但诸神的愤怒没有因此平息，因为所有阵亡的阿尔戈斯将士也没有得到安葬，于是，诸神将怒火撒向了多灾多难的忒拜。

当阵亡士兵没有得到安葬的消息传回阿尔戈斯后，举国上下为之震怒，阵亡将领的妻儿老小前往雅典向国王忒修斯寻求帮助。

忒修斯十分同情他们的遭遇。就在他思考应该怎样解决这件事情的时候，克瑞翁派人捎来了口信，要求忒修斯将阵亡将领的妻儿老小驱逐出去。这个不让波吕尼克斯尸体入土为安而遭到天谴的家伙，早已将之前的劫难忘到了九霄云外。现在，他的无理要求又为自己招来了新的麻烦：忒拜人对神灵的亵渎和傲慢激怒了忒修斯，他决定立刻出兵忒拜。

战斗在城外打响了。克瑞翁的军队被打得丢盔弃甲，不得已只好撤到城里负隅顽抗，他们根本无暇顾及阵亡将士的遗体。雅典人虽然取得了胜利，但并未乘胜追击，他们把先前战死的阿尔戈斯战士的骸骨放到一起焚烧，好让这些阵亡的战士得以安息。雅典人还把那些将领的遗体运回艾留西斯，然后交给他们的妻儿加以安葬。

将领们的尸体被放在柴堆上焚烧的时候，他们的子女走上前来。这些孩子们虽然年纪很轻，但是看到父亲的遗体被野兽糟蹋得不成样子，纷纷发下毒誓。“如果我们不为父亲报仇，不将忒拜夷为平地，”他们喊道，“就让我们死无葬身之地，让我们的灵魂永远遭受折磨！”

年轻人的誓言为忒拜日后的苦难埋下了伏笔。

英雄的妻儿们怀着沉重的心情将骨灰带回阿尔戈斯，不过，卡帕纽斯的妻子厄瓦德涅没有回去。卡帕纽斯死于宙斯的雷电，所以，他的遗体被视为神圣的英灵，像最荣耀的英雄一样被单独安葬。葬礼开始后不久，厄瓦德涅看到丈夫的遗体被烈焰舔舐着，再也无法忍受内心的悲痛，毅然跳进火海与丈夫一起化为灰烬。

聪明的安菲阿劳斯在艾留西斯也没有被如此尊重，因为他是在一个忒拜人袭击他的时候逃掉的。当时，宙斯突然让大地裂开，于是，这个伟大的预言家连同他的战车一起消失得无影无踪。后来，雅典人在安菲阿劳斯消失的地方建起了一座占卜和疗伤的圣殿，他们将安菲阿劳斯奉若神明。时至今日，圣殿的遗址依然矗立在那里。

十年过去了，当年庄严发誓的男孩子们已经长成了身强力壮的小伙子。他们不仅熟练掌握了作战的本领，而且做好了向忒拜发起进攻的准备。

这些年轻的将领被称为“厄庇戈诺伊”。他们在阿尔戈斯组建了一支庞大的军队，比他们父辈上一次讨伐忒拜时的军队还要强大，而且，他们还准备立波吕尼克斯的儿子忒桑德为忒拜的新国王。其他一同前往的将领有图丢斯的儿子、身材魁梧的狄俄墨得斯，还有他形影不离的伙伴卡帕纽斯之子斯特涅罗斯，以及阿德拉斯托斯的儿子埃癸阿琉斯。其余的将领还有帕耳忒诺派俄斯的儿子普罗马科斯、希波墨冬的儿子波吕多洛斯。预言家安菲阿劳斯的儿子阿尔克迈翁担任大军的总指挥。

由于当年得到了宙斯的庇护，阿尔克迈翁父亲的遗体没有遭到野兽的啃食，所以，他没有跟其他人一起发毒誓。阿尔克迈翁也是唯一不想参战的人，因为他记着父亲出征前曾经对他说过的那些话："我通过预言能力得知，我不会从战场上回来了。等你长大成人后，你一定要为我报仇，但这不是忒拜人的错，是你母亲逼我参加这场战争的。她想得到阿佛洛狄忒送给她女儿哈耳摩尼亚的那条可以永葆青春的项链，所以她才是你要复仇的对象。"

这并非阿尔克迈翁的母亲犯下的唯一过错。像上次一样，她不惜一切代价强迫儿子参加这场战争，是因为狡猾的忒桑德已经答应要将哈耳摩尼亚的面纱送给她，那是雅典娜在卡德摩斯的婚礼上送来的另一件神奇的宝贝。

现在，阿尔克迈翁在父母之命中间摇摆不定。一方面，他的耳畔还回荡着父亲出征前的遗愿；另一方面，他又不得不满足母亲的期许。最后，他只好前往德尔斐神庙寻求神谕，希望神能告诉他究竟该何去何从。

阿波罗是这样回答他的："父母之命你都要遵从。你要听从母命率领阿尔戈斯军队出征，因为只有你才能打赢这场战争；同时你也要服从父命，如果你不去复仇，你父亲的灵魂将永远不得安息。"

得到这个答复后，阿尔克迈翁别无选择，只好率领阿尔戈斯军队攻打忒拜。上次战争的败将——国王阿德拉斯托斯作为他的参谋，再次参加了这场战争。大军就要出征了，所有的占卜结果都对阿尔戈斯军队有利。诸神站在了厄庇戈诺伊这一边，而他们要征伐的国家注定要为过去犯下的罪恶付出代价。

这一次带领忒拜人守城的是厄忒俄克勒斯的儿子拉俄达玛斯。一场关键性的激战在城外打响了。

士气高昂的阿尔戈斯军队在埃癸阿琉斯的带领下发起了第一次进攻，并且立刻打乱了忒拜人的阵脚。就在这时，拉俄达玛斯冲到了前面，用长矛将埃癸阿琉斯刺死，阿尔戈斯人的第一次进攻遭到了失败。可惜的是，拉俄达玛斯还没来得及庆祝自己的胜利，就死在了阿尔克迈翁的剑下。遭到重创的忒拜人顿时群龙无首，士气大落，不得不退回城里进行防守。

与此同时，在阿尔戈斯军队中，阿德拉斯托斯由于无法接受儿子战死的事实而气绝身亡。泰瑞西阿斯得知这个消息后，陷入了深深的忧虑之中，因为伟大的预言家通过占卜早已得知，如果七勇士中最后一位将领死去，将预示着忒拜城的陨落，他建议忒拜人赶快撤离去寻找新的家园。于是，在夜色的掩护之下，忒拜人带着妻儿老小和金银细软弃城而逃，开始向北长途跋涉。

第二天早上，阿尔戈斯军队从无人防守的城门拥了进来。他们带着复仇的火焰，开始洗劫所能看到的一切，然后满载战利品返回阿尔戈斯，只给忒桑德[①]留下一座空城。

在阿尔戈斯军队抓到的几个俘虏中，有泰瑞西阿斯的女儿曼陀。出于对这位伟大预言家的尊敬，他们并没有让女孩成为奴隶，而是把她献给了阿波罗。于是，曼陀便成为德尔斐神庙的女祭司，用神秘莫测、具有两面性的话预测着人的未来。

至于泰瑞西阿斯，他和众人一起逃离了忒拜。由于旅途劳顿，他在提尔佛撒泉水附近停下来喝水歇息的时候，不幸死在了那里。悲痛的忒拜人感恩于三代人都受到了这位预言家的恩泽，将他埋在泉水附近，然后接着继续赶路。

最后，他们一部分人到达北埃维亚岛，在那里建起了伊斯提亚城；另一部分人则继续向西北进发，最后在伊利里亚停下了脚步，忒拜的开国者卡德摩斯和他的妻子哈耳摩尼亚曾经逃到此地，他们的儿子伊里利俄斯后来还做了这里

① 俄狄浦斯之孙，波吕尼克斯与阿吉娅之子。——编者注

的统治者。经过这么多年后，忒拜人又重新返回了自己的故乡。

与此同时，在阿尔戈斯，阿尔克迈翁发觉自己陷入了一个进退两难的境地。他命中注定要向母亲复仇，可是他怎么能做出如此卑劣的事情？尽管由于虚荣，厄里费勒已经让父亲命丧黄泉，而且还险些再搭上他的性命，但是一想到要杀死生养自己的母亲，就让阿尔克迈翁备受煎熬。他知道一旦动手将其付诸行动，自己将永远不得安宁。可是他又别无选择，因为这不仅仅是他父亲的遗愿，还是阿波罗神的意志。

万般无奈之下，阿尔克迈翁杀死了自己的母亲，并为之付出了始终令他恐惧的代价。在复仇女神的追索下，阿尔克迈翁被妻子阿尔西诺伊抛弃，沦为一个无家可归的流浪汉。无论走到什么地方，那里的大门都会朝他紧闭，谁会愿意帮助一个双手沾满自己母亲鲜血的人呢？万般无奈之下，他前往德尔斐神庙祈求神谕，希望神能告诉他这样的苦难何时才能结束。

“你只有去一个对你犯下的罪孽一无所知的地方，才能得到救赎。”这便是他得到的回答。

可是，要到哪里去找这样的地方呢？他四处寻觅，最后来到阿克洛奥斯河边。衣衫褴褛的阿尔克迈翁感到又累又饿，跪在河边向河神倾诉着自己的不幸。河神十分同情他的遭遇，从水里出来帮他洗掉了身上的罪孽和厄里费勒的血污，并且告诉他往河口方向走，那里有一个刚刚用淤泥堆积起来的小岛。

“那里没人赶你走，”河神说，“也没有人知道你犯的罪行。因为你犯罪的时候，那个岛还不存在。”

于是，阿尔克迈翁终于找到了一处安全的栖身之地，还娶了河神的女儿仙女卡里罗为妻。

想到终于可以开始新的生活了，阿尔克迈翁坐下来将自己的遭遇告诉了妻子，希望能够以此来缓解心灵上的负担。

当卡里罗听说了哈耳摩尼亚带有魔力的面纱和项链后，也想让自己青春永驻，于是，她要求丈夫拿回这两样宝贝给她。

“这些东西只会带来灾难！”他惊恐地叫道，“它们一个让我父亲命丧沙场，害我杀了自己的母亲；另一个差点儿要了我的性命。就因为它们，我无法得到片刻的安宁。”

可是，卡里罗并不以为意。

“如果你真的爱我，就把它们拿回来给我。”卡里罗辩驳道，由于她的固执，阿尔克迈翁被迫做出让步，不情愿地按照她的吩咐行事。

当时，面纱和项链仍然在阿尔克迈翁前妻的手中，由于他杀死了自己的母亲，前妻对他恨之入骨。即便如此，阿尔克迈翁还是想方设法说服了她。

“我会把它们交给你的，但是你要为此付出昂贵的代价！”她警告道。

“这我知道。”阿尔克迈翁回答道，可是他对到底要付出多么高昂的代价一无所知。

于是，阿尔克迈翁带着宝物出发了，然而，卡里罗最终并没有如愿得到它们。阿尔克迈翁正准备进家门的时候，阿尔西诺伊的两个哥哥已经在那里埋伏多时，他们一言不发冲了上去，拔剑把阿尔克迈翁砍倒在地。

安菲阿劳斯不幸的儿子就这样死了。他曾经带领厄庇戈诺伊取得了战争的胜利，可是诸神为他安排了最残酷的命运。

在他的同伴里，狄俄墨得斯在特洛伊之战中赢得了巨大的荣誉，斯特涅罗斯和其他人也都战功显赫。

忒拜之战和特洛伊之战标志着一个时代的终结，或许就像赫西奥德所说的那样:“人类的第四代”——著名的英雄时代结束了。的确，在神话时代接近尾声的时候，可以讲的故事实在少之又少，值得一提的就是第二批“厄庇戈诺伊”的故事，他们都是英雄赫拉克勒斯的后裔，曾经被人们称为“赫拉克勒斯”，他们的传奇回归标志着希腊神话的终结。

为了追根溯源，我们还得从赫拉克勒斯去世后不久讲起。当时，杀害他的凶手——软弱无能的欧律斯透斯依旧把持着迈锡尼的王权。

赫拉克勒斯的母亲阿尔克墨涅，同他的儿子许罗斯及几个兄弟生活在临近的提林斯城里，欧律斯透斯像害怕赫拉克勒斯一样害怕他们。

“一旦赫拉克勒斯的孩子们长大成人，他们一定会伺机报复。”他自言自语道。于是，他下决心要把他们从自己的王国里驱逐出去。

可是，仅仅这样做还远远不够，因为他知道在别的国家中也有不少赫拉克勒斯的后代，一旦他们联合起来，不仅会威胁到他的王国，而且还会威胁到他的生命。于是，他命令希腊其他城邦的君主们也将赫拉克勒斯的后代驱逐出境。

当时，迈锡尼的统治者是最有权势的国王，其他君主都要服从他的命令。只有雅典国王忒修斯是个例外，他不仅热情欢迎赫拉克勒斯的孩子们，而且还在马拉松附近为他们提供了庇护。与欧律斯透斯当初的愿望相反，赫拉克勒斯的后代不但没有被赶到距离希腊更远的地方，反而聚集到了同一个地方。从那时起，欧律斯透斯内心的恐惧一刻也没有停歇，而且随着那些孩子的成长，他越发焦虑，直到最后，他觉得只能靠发动战争来解决此事了。

当时的雅典国王是忒修斯的儿子德摩丰，他决定支持赫拉克勒斯的后代，当然赫拉克勒斯的后代也很有实力：他们的首领许罗斯是一个英勇无畏的小伙子，赫拉克勒斯的侄子伊俄拉俄斯也带领年轻人来增援。每当欧律斯透斯妄图将赫拉克勒斯赶尽杀绝的时候，伊俄拉俄斯都会施以援手。现在他虽然年事已高，但是依然复仇心切。

不过，赫拉克勒斯的后代遇到了一个棘手的难题：虽然神谕承诺让他们取得胜利，但前提是必须要在战前用赫拉克勒斯一个后代的生命来祭祀神灵。于是，年轻的人们用抓阄来确定人选。这时，他们年轻的妹妹玛卡利亚挺身而出，她甘愿在花季的年龄牺牲自己来挽救哥哥们的生命。

在雅典人的帮助下，赫拉克勒斯的后代取得了压倒性的胜利，欧律斯透斯的军队溃不成军。这个懦弱的君主跳上战车准备逃窜，他惊慌失措地用鞭子拼命抽打着战马。赫拉克勒斯的侄子伊俄拉俄斯见状，回想起欧律斯透斯曾经带给赫拉克勒斯的种种痛苦和危险，他祈求伟大的宙斯给他一日的青春，让他恢复以前的力量。

宙斯答应了他的请求。于是，伊俄拉俄斯弯曲的脊背忽然挺直起来，英姿飒爽地站在战车上，恢复成为一个英俊强壮的年轻人模样，如同他当年作为赫拉克勒斯左膀右臂时一样。他驱赶着战马，如闪电般追赶上欧律斯透斯，用长满肌肉的古铜色手臂将长矛用力掷出去，欧律斯透斯当即中的，坠马倒地身亡。

这便是迈锡尼“伟大的君主”的最后结局，他的一生都活在胆战心惊之中，直到死去。虽然他曾经与赫拉克勒斯以及他的子孙为敌，但他还是得到了一个体面的葬礼。胜利者将他埋在马拉松和雅典两地之间一个叫帕里尼的地方。

这时赫拉克勒斯的后代客居在忒拜，不过他们很快意识到应该有一个属于自己的家园。于是，他们决定不再依靠别人的好客度日，而且他们也有足够的信心克服一切困难。最后，他们回到了伯罗奔尼撒半岛，决定在全希腊唯一属于自己的地方定居下来。

在许罗斯的带领下，赫拉克勒斯们穿过伊斯莫斯，打败了阿尔戈斯的军队。但之后不久，疾病和饥荒席卷大地，赫拉克勒斯家族陷入了绝望。他们来到德尔斐神庙请求神谕，想弄清楚为什么他们会遭此不幸。女祭司告诉他们，是回来的时机不对，必须要“等到第三季”才能重回故土。

他们将“第三季”理解为“第三年”，于是赫拉克勒斯家族又重新回到马拉松，耐心等待着重返伯罗奔尼撒的时机。这次重返途中，赫拉克勒斯家族在伊斯莫斯遭遇了另一支阿尔戈斯军队，他们的首领是迈锡尼的新国王阿特柔斯。

形势再一次对赫拉克勒斯家族十分不利，两支军队站好队形准备决战。为了避免不必要的流血牺牲，许罗斯站在阵前大声喊道：“我要和你们中间最勇敢的人决斗。如果他赢了，赫拉克勒斯家族就会离开，而且一百年内不会再踏上这片土地；如果我杀死了他，你们就要拱手让出整个伯罗奔尼撒半岛。”

泰耶阿勇敢的国王埃克莫斯站了出来，他是一名身经百战且战无不胜的长矛手。虽然许罗斯很勇敢，但是他在力量和技巧方面都不如埃克莫斯。仅仅几个回合之后，许罗斯就惨死在对手的脚下。

赫拉克勒斯家族的内心十分悲痛，他们抬着首领的遗体往回撤。借着在迈加拉安营扎寨的空隙，他们把首领葬在了那里，并对接下来的去向进行了商议。看来他们已经别无选择，只能重回马拉松，不过雅典人又能庇护他们多久呢？很快，赫拉克勒斯家族决定第三次出征伯罗奔尼撒。不过又吃了一次败仗，他们不得不再次面临同样的问题。

让人难过的是，他们虽然是希腊伟大英雄的后裔，却连一块立足之地也没有。后来他们想到了多里斯，赫拉克勒斯曾经在那里有一块封地。为了继承先祖的那片土地，他们踏上了西进的漫漫征途。幸运的是，多里斯人敞开双臂热情欢迎赫拉克勒斯家族的到来。“多一个朋友总比多一个敌人好。”他们劝慰自己。这个明智的决定让他们后来受益匪浅。

尽管赫拉克勒斯家族在多里斯受到热烈的欢迎，但是他们没有忘记数次南征所遭受的挫折。让他们伤心的是，神谕明明说可以在“第三季”夺回伯罗奔尼撒，但他们从未得手。于是，赫拉克勒斯家族再一次前往德尔斐请求得到解释。

“神谕并没有错，”阿波罗的祭司说道，“是你们误解了其中的含义。‘第三季’并非指‘第三次丰收的时候’，而是指‘第三代人’，也就是赫拉克勒斯的曾孙辈。”

于是，赫拉克勒斯们开始休养生息，静候最佳时机的到来。他们不断发展壮大，一直到第三代赫拉克勒斯的子孙降生的时候，他们已经和当地的多里斯人三代联姻，变成了土生土长的多里斯人。

当时，忒拜和特洛伊的两场战争已经结束。经过漫长的等待，第三代赫拉克勒斯的子孙对于“回归”已经变得急不可耐。随同他们一起前往的还有一支强大的多里斯军队，这些人也准备在伯罗奔尼撒安家落户。

不过，这支联合军队的指挥权掌握在赫拉克勒斯家族的手中：他们是忒墨诺斯和克瑞斯丰特斯兄弟，以及双胞胎普罗克勒斯和欧律斯特涅斯。

此时迈锡尼的统治者是提萨摩诺斯，此人是俄瑞斯忒斯的儿子、阿伽门农的孙子。提萨摩诺斯娶了斯巴达王和海伦的女儿赫尔迈厄尼以后，与邻国斯巴达结成了同盟，从此他的权力就变得不可撼动了。

不过，这种情况对赫拉克勒斯的后代和多里斯联军并没有什么影响，他们为这场战争做好了长期的准备，所以，提萨摩诺斯根本阻挡不了联军前进的脚步，所有人出征时都抱着必胜的信心。不过，这一次他们选择从诺帕克特斯进入伯罗奔尼撒，没有选择途经伊斯莫斯的那条路，因为他们的父辈已经在那里吃过三次败仗，而且他们在诺帕克特斯还有一支强大的舰队。到达伯罗奔尼撒后，埃托利亚人的加入使他们的队伍再一次得到了壮大，这支新加入的军队早已对河对岸的土地垂涎三尺了。

出征前，他们去德尔斐神庙请求神谕，这是那个年代干任何大事之前必须履行的一个步骤。

“只要让特里俄普斯做向导，就会一切顺利。”神谕告诉他们。

这条神谕让大家错愕不已，因为在他们的队伍里没有一个人叫这个名字。

后来有人回忆说，他倒是听说过一个叫‘特里俄普斯’的人，不过这个人住在遥远的东海彼岸的罗得岛上。

“我们必须把他找来。”有人叫道。

“罗得岛离这里路途遥远，”忒墨诺斯提醒道，“而且还不知道能不能把他找来。即使他能来，那又得花多长时间？这样一来，就会给阿尔戈斯军队充足的时间备战。”

“可如果我们对阿波罗的忠告置之不理，我们就不会成功！”许多人叫道。

“如果我们不能出奇制胜，那才必败无疑，”忒墨诺斯反驳道，“别担心，不用跑那么远，我就能给你们找一个‘特里俄普斯’。”

于是，忒墨诺斯开始在营地四周寻找。当他看到埃托利亚的将领俄克绪罗

斯骑着一匹独眼马的时候，便走过去问道：“你有没有去过伯罗奔尼撒？”

“当然，我对那里的情况了如指掌，我在那里流亡多年。”

“我找到特里俄普斯了！”忒墨诺斯向众人喊道，“大家都知道‘特里俄普斯’的含义是‘长着三只眼睛的人’。大家仔细看：两只眼睛长在人身上，一只眼睛长在马身上！大家赶快登船！向对岸出发！”

一阵欢呼过后，这支军队迅速登船出发了。

忒墨诺斯的奇袭战术十分奏效。伯罗奔尼撒的城市接二连三落入赫拉克勒斯家族的手中。提萨摩诺斯虽然奋力反抗，但已经于事无补，他的名字将作为阿特雷斯的最后一代人被写入史册，这是他唯一能够做的事。决定性的战役在勒拿平原打响了，提萨摩诺斯被杀，他的军队四处逃散。从此以后，入侵者便名正言顺地成了新的统治者。

取得胜利后，赫拉克勒斯家族和他们的多里斯盟友开始瓜分伯罗奔尼撒，他们决定把亚该亚留给俄克绪罗斯，其他的领地归属由大家抽签决定。忒墨诺斯抽到的签上画着蟾蜍，代表着迈锡尼；克瑞斯丰特抽中的签上画着狐狸，代表着莫塞尼；刻有蟒蛇的签代表斯巴达，被双胞胎普罗克勒斯和欧律斯特涅斯抽中，这也是斯巴达双王统治传统的由来。

这就是“赫拉克勒斯家族的回归”以及由此而来的“多里斯血统”的故事。希腊神话故事到这里也快要接近尾声了，它只另外记载了一个名叫戴丰斯忒斯的迈锡尼国王的事迹，这个人继承了忒墨诺斯的王位，而且还娶了他的女儿希耳尼索为妻。

那么再后来呢？

再后来的希腊神话故事突然没有了下文，像被厚重的黑色幕帘掩盖，这段神秘的岁月以一种悲剧般的形式戛然而止。迈锡尼文明名存实亡，所有的希腊城邦要么遭到了毁灭，要么从此销声匿迹，没有一个神话或者传说能够告诉我们到底发生了什么。只有两个迈锡尼最后的统治者的名字被保留下来，他们是戴丰斯忒斯和希耳尼索，这两个悲剧角色的故事也没有留下只言片语。接下来的三个世纪是一段长长的空白期，可以将这一时期称为“希腊的黑暗时期”。

时光停滞，一段辉煌的历史文明已经尘封大地，歌唱新英雄业绩的歌声已经沉寂，新的传说故事仍没出现，然而，讲述从前那段辉煌往事的声音从未停止。经过人们口口相传，神话故事在历史的风暴中才得以幸存，并且凭借神话故事的微弱光芒，照亮了长达二十代人的黑暗，最后，终于传递到那些杰出又强有力的新人手中。

他们中的第一位是最伟大的诗人荷马，他收集改编了这些故事，让它们成为更加熠熠生辉的史诗。当雅典人终于迎来迈锡尼曾拥有的万丈光芒时，埃斯库罗斯、索福克勒斯和欧里庇得斯就可以轻而易举地为创作不朽的剧作找到素材。希腊神话承载了丰富多彩的传奇故事，无数观众为之欢呼喝彩，为之心醉神迷。雅典人从六岁至十八岁一直接受着扎实的艺术教育，难道这不值得称奇吗？平淡无味的作品怎能经受得住考验，而优秀卓著的表演怎能不座无虚席？

我们不能忘记的是，不仅仅只有三十万雅典人推崇伟大的诗歌和艺术。在雅典民主政治的鼎盛时期，它的影响已经传播到爱琴海和小亚细亚，一直到意大利南部的西西里岛，甚至传到了位于地中海沿岸的法国和西班牙等更远的地方。这些地方剧场林立，里面坐满了受过相同艺术熏陶的人，这个共同的、取之不尽的艺术源泉就源自希腊神话，它克服了无数障碍流传百世，至今仍然历久弥新，风采依旧。

下面，就让我们来听一听荷马讲述的故事吧。

第 二 章

古城特洛伊

很久以前，世界上还只有神话中的英雄人物。那时，爱琴海的东岸有一座特洛伊城，在国王普里阿摩斯的统治下，城邦兴旺发达。

然而，由于神灵们彼此交恶，人类争斗不断，原本繁荣富庶的特洛伊城注定要遭受一场旷日持久的恶战。在这场战争中，无数英雄死在它的城墙之下，这其中既有特洛伊人，也有阿开亚人。特洛伊城更是在一场大火中被烧成了废墟。到底是什么原因导致了这场可怕的悲剧呢？这可能令人难以置信——这场战争的导火索竟是为了争夺美丽的斯巴达王后海伦。

这位王后究竟有多美呢？当海伦出现在斯卡亚城门上时，特洛伊长老们纷纷感叹：“为了这样的美人，阿开亚人与特洛伊人交战多年也不足为奇。”而凡是见过海伦的人，都会对长老们的话深表赞同。

问题是，长老们提到的阿开亚人和特洛伊人，又是些什么人呢？

阿开亚人来自希腊本土，也就是古代的希腊人。不过在那个时候，他们还没有被称作“希腊人”。在大诗人荷马的描述中，“希腊人”仅指阿喀琉斯以及他麾下的密耳弥多涅人。至于其他那些和他们并肩作战的勇士，荷马则将其称作“阿开亚人”，有时也称“阿耳吉维人”“阿尔戈斯人”或是“达奈人”。

那么，特洛伊人呢？现代学者和神话故事都表达了同样的观点：也许，特洛伊人和阿开亚人一样，都是希腊人。的确，在一些神话传说中我们不难发现，特洛伊城备受众神之王宙斯的青睐，就连城墙也是由两位声名显赫的希腊神灵——阿波罗和波塞冬修建的；至于那座保佑特洛伊城的帕拉斯·雅典娜神像，也是由雅典娜亲手交给特洛伊人的。

事实上，特洛伊人不仅和其他希腊人一样信奉着奥林匹斯山上的神灵，而且还和他们说着同样的语言，二者之间有着千丝万缕的联系。其实这也没什么好奇怪的，特洛伊城坐落于赫勒斯庞特海峡附近，毗邻爱琴海，与其他希腊城邦一样，特洛伊的文化习俗也源于古老的爱琴文明。

然而在这场战争中，特洛伊的盟军里不仅有来自邻邦的勇士，而且有许多来自亚洲内陆的英雄。他们说着稀奇古怪的语言，被希腊人称作“蛮族”。因此，后来的人们把这场战争看作希腊人与特洛伊人之间的战争，反而忘了特洛伊人其实也是希腊人的一支。

关于这一点，希腊神话中有很多关于特洛伊历史的传说。但奇怪的是，传说中特洛伊城的故事竟起源于克里特岛。

远古时期，克里特岛发生了一场百年不遇的大旱灾。整整两年时间，岛上没有下过一滴雨，岛上的人民因此饱受饥荒之苦。许多人被迫乘船离开克里特岛，决心另去开辟新的家园。在海洋之神俄刻阿诺斯之子斯卡曼德的带领下，他们最终来到了赫勒斯庞特海湾。这里树木茂盛，郁郁葱葱，宛如世外桃源一般，这群克里特人一进入海湾，就立刻被这美景深深地吸引住了。

“我们就在这里开始新的生活吧！”斯卡曼德宣布，“就在这里建设我们新的家园，树立起供奉神灵的圣坛。大家都靠岸吧，首先祭祀我们伟大的救世主宙斯，感谢他将我们从灾难中解救出来。”

大约有三分之一的克里特人来到了这片土地，重建属于他们的崭新家园。理所当然的，斯卡曼德成为他们的第一任国王。这位海洋神之子不仅生前带领大家走出了困境，死后还变成了这里的河神，为这片土地提供了充足的水源，使人们再也不必遭受干旱和饥荒之苦。这位河神所做的一切都被他的臣民们永久铭记，其他神灵称他为“克珊托斯”（河神的另一个名字），但在他的臣民心中，他是永远的斯卡曼德。

我们从上面的传说中得知，特洛伊人的祖先是克里特人。因此，特洛伊境内的很多地方都保留着克里特名称，比如斯卡曼德河与伊达山，都证明了这个传说并非子虚乌有，而是有一定真凭实据的。

此外，当时克里特人的海上作战力量十分强大，因此说他们出兵将通往普罗庞提斯和黑海的战略要地特洛伊占为殖民地，也是完全有可能的。

然而，雅典人在很早的时候也曾宣称特洛伊属于他们。他们认为，特洛伊最早的几任国王中，有一位丢克耳国王就是从古阿提卡的德谟城来到特洛伊的雅典人。

不论这些矛盾的说法背后的真相是什么，特洛伊城统治者们的祖先只有一人——他既不是克里特人，也不是雅典人。这位国王名叫达耳达诺斯，传说他来自希腊南部的阿卡迪亚，也有人说他就出生在特洛伊。

达耳达诺斯并非凡人。他的母亲厄勒克特拉是提坦神阿特拉斯的女儿，而他的父亲不是别人，正是众神之父宙斯。当时，达耳达诺斯征服了周围所有的欧亚城市，建立了强大的达耳达尼亚王国，将首都设在以他的名字命名的达尔达尼尔海峡的入海口处。

后来，佛里克索斯和妹妹赫勒不堪忍受恶毒继母的虐待，在乘坐金毛羊逃离时，赫勒不慎跌入海峡淹死。为了纪念这位公主，人们将达尔达尼尔海峡改名为"赫勒庞斯特海峡"。

起初，达耳达诺斯选择的建城地点并不在达尔达尼尔海峡附近，而是在一座山上。然而，阿波罗的神谕警告他说，如果在那座山上建造城市，城中的居民都会遭遇可怕的不幸。因为欺骗女神埃特被宙斯逐出奥林匹斯山的时候，就掉落在这座山上。不过后来，正是依傍着这座山，他的子孙后代建立起了著名的特洛伊城。

特洛伊又名伊利昂，是由达耳达诺斯的孙子、特洛斯的儿子伊洛斯建立的，他的建城经历也着实奇特。

有一次，伊洛斯在弗鲁基亚参加竞技比赛时，一举赢得了所有项目的冠军。弗鲁基亚的国王对伊洛斯十分赏识，不仅奖给他少男、少女各五十名，还赏赐给他一头带斑点的母牛，并对他说："跟着这头神牛走吧，它停下来的地方，就是你建立自己的城市的地方。"

伊洛斯欣然接受了国王的奖赏，带领着那些少男少女跟随神牛离开了。在一阵漫无目的地游荡之后，疲惫不堪的一行人跟着神牛来到了埃特山。神牛一

到山顶，便筋疲力尽地倒在地上，再也不肯走了。这就意味着，埃特山就是伊洛斯建城的地方。

伊洛斯惊愕不已，因为埃特山正是他的祖父达耳达诺斯当年不得不放弃建都的地方。他该怎么办呢？究竟是该在这座山上建城，直到被阿波罗的神谕驱逐呢？还是不理会神牛的指示，另外寻找一处建城之地呢？

这个决定令伊洛斯进退两难。

“如果在埃特山上建城，那么，凡是住在城墙里的人们都必将遭受巨大的灾难。”神谕已经说得再明白不过了，但伊洛斯还是翻来覆去地思考着这句话。

“也许我还没有理解其中真正的含义。”他对自己说。

最后，他将思考的重点放在“住在城墙里的人们”这句话上。忽然，他的脑海里闪过一个念头，自言自语道：“那要是我的这座城市没有城墙呢？对，我就建一座没有城墙的城市，让雅典娜做我们的保护神，保佑我的城民。”

想到这里，他便立即号召那一百名少男少女开始建城。在开工前，伊洛斯举行了虔诚的祭典。他将双手洗净之后，高高举起为雅典娜女神准备的祭品，大声喊道：“宙斯的女儿，请保佑我们！我们将建造华丽的神庙来供奉你并永远赞颂你！”

接着，大家便紧锣密鼓地投入建城工作。伊洛斯第一个举起铁锹，这时，神奇的事情发生了！就在他铲起泥土的同时，一座木头雕像从地里冒了出来。这座雕像上刻着一位年轻的女子，她的右手拿着一根长矛，左手握着一根纺纱杆。伊洛斯明白，雅典娜女神已经听到了他的请求。

尽管这座新城没有城墙，城里的人们却无须担心安全问题。不过，为了更清楚地了解到神灵的旨意，伊洛斯再次祈求神谕，最后得知那座木头雕像刻的是帕拉斯——雅典娜的一位密友。

在一场战争游戏中，雅典娜失手投出的长矛误杀了自己的这位好朋友。于是，雅典娜亲手雕刻了这座神像，这样，她就可以把好朋友的容貌和身形都牢记在心。

同时，为了永远怀念这位朋友，雅典娜还将自己改名为“帕拉斯·雅典娜”。

除此之外，伊洛斯还从神谕中得到一个更重要的信息。尽管雅典娜女神答应了守护这座新城，但她有一个要求：人们必须妥善保管帕拉斯的神像，绝不能丢失。“如果哪天神像遗失了，”神谕说，“那么，这座城市也会随之一起消失。”

新城很快就建好了。为了纪念父亲特洛斯，伊洛斯将其命名为“特洛伊”。不过，因为这座新城的建造者是伊洛斯，所以特洛伊也被称为“伊利昂”。在这座美丽而繁华的城市中，不仅有着宽阔平坦的街道，还有许多巍峨挺拔的建筑。伊洛斯把自己的宫殿建在了高高的卫城上，而金碧辉煌的雅典娜神庙就坐落于卫城的最高处，保佑这座无墙之城的帕拉斯神像就被供奉在这座神庙里。

特洛伊建成之后，达耳达尼亚王国就被分成了两部分：特洛伊城由伊洛斯统治，而邻国达耳达诺斯则由他的兄弟阿萨拉科斯统治。

伊洛斯死后，他的儿子拉俄墨冬继承了王位。宙斯对这位年轻的国王青睐有加，也正是在宙斯的授意下，阿波罗和波塞冬亲自为特洛伊城修建了高耸入云、固若金汤的城墙。然而，对于宙斯的偏爱，拉俄墨冬并不领情，吝啬的他甚至克扣了献给阿波罗和波塞冬的祭品。不过，他也为自己的忘恩负义付出了沉重的代价，最终葬送了自己的性命。

在赫拉克勒斯征服特洛伊之后，拉俄墨冬面对这位从必死的灾难中解救出自己女儿赫西俄涅的大英雄时，表现得极其傲慢无礼，因而激怒了赫拉克勒斯，被他一剑结果了性命。

这些故事在本套图书的《众神与人的故事》一书中有详尽的描述，在这里就不赘述了。在那本书中，我们还会看到，拉俄墨冬死后，他的儿子波尔达克斯是如何成为特洛伊国王的。

当时，赫西俄涅即将前往萨拉弥斯嫁给忒拉蒙，临出发前，她恳求赫拉克勒斯放了她的哥哥波尔达克斯；而作为交换，她献上了自己唯一的面纱。赫拉克勒斯被她的行为深深地打动了，不仅释放了波尔达克斯，还让他做了特洛伊的国王，将他的名字改为“普里阿摩斯”，意为“被赎回来的人”。这位年轻的国王也从未忘记自己欠妹妹的这份恩情。

作为特洛伊城的最后一任国王，普里阿摩斯的一生充满了浓重的悲剧色彩。他一直统治着特洛伊，直到战争爆发，那时的他已是一位垂暮的老人了。

他有五十个儿子和十二个女儿。他的妻子赫卡伯就为他生了十九个儿子。她的大儿子就是特洛伊最伟大的统帅赫克托耳，二儿子则是俊美的帕里斯。然而，对于帕里斯那超凡脱俗的外貌，他的父母常常感慨“还不如不生他出来”——因为正是由于帕里斯，最终才导致了特洛伊的灭亡。

帕里斯的一生都极富戏剧性，无论是出生还是死亡，都显得那么不可思议。就在他出生的前一天，他的母亲赫卡伯梦见一场大火吞噬了整个特洛伊城。早晨，从噩梦中惊醒的赫卡伯立刻把这个梦告诉了丈夫。普里阿摩斯去询问神谕，结果得知这个即将出生的孩子将带来一场可怕的战争。如果想让特洛伊城免于战争的祸害，就必须将这个孩子杀死祭献给神灵。

赫卡伯不忍失去孩子，但是普里阿摩斯下定决心要保护他的臣民。于是，他将这个刚出生的孩子交给了牧人阿格劳斯，命令他将这个婴儿杀死。

然而，阿格劳斯是个仁慈宽厚的人。他连一只苍蝇都不忍伤害，又怎么能狠下心杀死一个刚出生的无辜的小王子呢？他小心翼翼地把孩子放在伊达山山坡上的森林里就走了。可是即便这样，他还是感到良心不安，担心山里的野兽会吃掉孩子，于是又偷偷回到了放置孩子的地方。当他看到一只母熊正在给孩子喂奶时，阿格劳斯释然了，他认为这表示神灵也希望这个孩子能继续活下去。于是，他把小王子抱回了自家的小屋，决定将小王子和前几天自己刚出生的儿子一起抚养长大。

随着时间的流逝，阿格劳斯和他的妻子越来越喜欢这位小王子，他们对他的爱甚至超过了对自己儿子的爱。

“照看好篮子啊。”每当阿格劳斯外出放牧时，他都要这样叮嘱妻子，因为通常他们都将小王子放在一个篮子里悉心呵护。

“当心篮子呀。”当阿格劳斯放牧回来，妻子将小王子交给他时，也会一再叮嘱他。在他们心中，装着小王子的篮子似乎成了最重要的东西。由于当时篮子被人们叫作“帕里斯”，“帕里斯”就渐渐地成了小王子的名字。

无论是俊美的容貌、强健的体魄，还是过人的才智，都彰显着帕里斯的高贵血统。当他还是小孩子的时候，阿格劳斯看管的一群牛被人偷走了，帕里斯不仅追踪到了偷牛贼的线索，还找回了丢失的牛群。从那以后，人们都叫他“亚历克山德罗斯”，意为“勇敢的防御者”。

帕里斯一直以为自己就是阿格劳斯的儿子。长大后，他也像父亲一样，成了一名牧人，每天赶着牧群在伊达山上放牧。山林中一位名叫俄诺涅的仙女爱上了俊美的帕里斯，他们一起度过了许多欢乐的时光。山间清凉的溪水边，高高的悬铃树下，都留下了他们无忧无虑的身影。

对帕里斯而言，他俩不过是无话不谈的好朋友，俄诺涅对帕里斯的感情却深厚得多。不过，她知道总有一天帕里斯会离开她，一想到这一点，她就痛苦万分——因为这不仅意味着她失去了自己的爱人，还意味着只要帕里斯离开她，就一定会遭受巨大的不幸。

“希望你能永远像现在这样无忧无虑、快快乐乐地生活。但是，如果有一天你受伤了，就来找我吧，因为只有我能治愈你的伤口。”俄诺涅对帕里斯发出忠告，因为她能够预知未来。

可帕里斯对未来一无所知，根本不知道自己将遭遇怎样的不幸与痛苦，所以他并不明白仙女话中的深意。他依旧过着轻松惬意的生活，有时和可爱的俄诺涅一起玩耍，有时静静地和他的牧群待在一起，有时则让他的牛群互相打斗——这是他最喜欢的游戏之一。通过这种斗牛游戏，帕里斯从牛群中选出了一头“常胜将军”。他格外喜爱这头大公牛，对它的照料自然也格外用心。

一天，帕里斯坐在伊达山最高的山坡上对着牛群发呆，四位神灵忽然从天而降，出现在他的面前。这四位神灵分别是女神赫拉、雅典娜、阿佛洛狄忒以及脚踝上长着翅膀的赫尔墨斯。

他们为什么要来找帕里斯呢？他们又想要帕里斯做些什么呢？要找寻这些问题的答案，我们就要回到几年前的一场盛大婚礼中。当时，就在位于爱琴海另一侧的佩利翁山上，埃阿科斯的儿子珀琉斯与海神的女儿忒提斯结婚了。

珀琉斯是如何与忒提斯相遇并相爱的故事，我们已经在本套图书的《古城与命运》中讲过了。这里，我们只说他们的婚礼，特洛伊战争的祸根就是在这里埋下的——正是在这场婚礼庆典上，不和女神厄里斯扔下了那个著名的金苹果。

这场婚礼在人马喀戎的洞外举行，当时所有的神灵都受邀参加了婚礼，除了厄里斯。宙斯拒绝邀请她，以免这位喜欢挑起纠纷和争吵的女神破坏了婚礼的美满气氛。

在所有人的期盼中，婚礼开始了。阿波罗拿出金色的竖琴，轻轻拨动琴弦，弹奏出美妙的乐曲。在优美的琴声中，来宾们心情愉悦地交谈着，气氛欢乐祥和。缪斯女神们用无与伦比的歌声向新婚夫妇表达祝福，而三位命运女神则预言，这对夫妇的儿子将会是一位大英雄，那就是英勇无畏的阿喀琉斯。

婚礼第二天，所有来宾被邀请来到新房前。在那个时代，新婚夫妇将会在草地上用树枝搭起的一座小棚屋作为新房，度过新婚之夜。不过，珀琉斯和忒提斯的新房可不是一般的小棚屋，而是赫菲斯托斯亲手建造的一座迷你宫殿，这也是他献给这对夫妇的新婚礼物。

在新房前，众神纷纷展示了自己的礼物，其中有不少奇珍异宝，比如，波塞冬送来两匹会说人话的神马——克珊托斯和瓦里俄斯，还有众神送上的一套黄金盔甲，以及喀戎送的、除了珀琉斯之外谁也挥不动的长矛。不过后来，又有一个人不费吹灰之力就能举起这根长矛，他就是珀琉斯的儿子阿喀琉斯。

眼看婚礼就要画上圆满的句号，赫拉、雅典娜和阿佛洛狄忒三位女神正在亲切地交谈时，隐身的厄里斯飞到她们中间。因为没有受邀参加婚宴，厄里斯心中愤愤不平，趁无人注意，将一个金苹果扔到了三位女神脚下。

三位女神看见地上的金苹果，都十分惊讶。这时，珀琉斯走了过来，弯腰将地上的苹果捡了起来。

“苹果上写着几个字，”他念道，“‘献给最美丽的女神’。”

“那一定是给我的。”赫拉骄傲地说。

“不，是我的。”雅典娜毫不示弱地反驳。

“你们都很漂亮，但只有我才最漂亮。”阿佛洛狄忒用她那迷人的声音说道。

很快，三位女神就吵得不可开交了。她们都认为自己是最美的，只有自己才配得到那个金苹果。

于是，原本欢乐的婚礼在争吵声中结束了。更糟糕的是，因为这个金苹果，三位女神彼此交恶，成了势不两立的敌人。很多年过去了，她们的积怨越来越深。宙斯不愿看到这样的僵局再继续下去，就命令赫尔墨斯带着厄里斯的金苹果和这三位女神去伊达山找帕里斯，由他决定谁最应该得到金苹果，从而了结此事。

可是为什么选择帕里斯呢？他只是一个卑微的牧人啊，就算他是普里阿摩斯的儿子，为什么要选定他呢？原因恰恰就在于，他是特洛伊国王普里阿摩斯的儿子。

这正是命运的残酷所在，命运女神早已提前安排好了一切。从三位女神的争执与交恶，到现在把决定权交到帕里斯手中，这些都是沿着命运女神的安排发展的。三位女神的嫉妒与争斗，注定会引发后来阿开亚人的远征和特洛伊的覆灭。

看到赫尔墨斯带着三位女神出现在面前时，帕里斯又惊又怕。他准备拔腿就跑，却被赫尔墨斯轻轻地拦住了。

“别害怕，”他安慰帕里斯，“我们不是来伤害你的，而是奉宙斯之命来请求你的帮助。正是因为你那俊美的容颜和机智的评判力，众神之父宙斯决定赐予你一项荣耀。拿着这个金苹果，你认为三位女神中谁最美丽，就把金苹果交到她手中吧。”

“让我，区区一个放牛的牧人，来评判这三位女神谁最漂亮？不，我宁愿将这苹果平均分成三份，给她们一人一份，这也是我能想到的最公平的评判了。更何况，任何一位奥林匹斯山上的女神都比这世间的凡人女子美丽千万倍。”

“可她们都觉得自己是最漂亮的，并为此争吵不休。宙斯不愿卷入其中，也不想有其他神灵被牵扯进来，所以，他希望你能做出公正的评判，让她们停止争吵。”

这样一来，帕里斯不得不在三位女神中做出选择了。不过，他可要好好审视一下这三位女神。首先，他将赫拉叫到了自己面前。这位奥林匹斯山上的女王走上前来，仪态万方。

“请你仔细地看着我。”赫拉用一种命令的口吻对帕里斯说道，然后缓缓地转过身，展现出自己无与伦比的魅力。“记住，”当她转身准备离开的时候，又说道，“如果你够聪明，就该把苹果判给我。我会让你成为整个亚细亚的统治者，并且让你成为世界上最富有的人。”

“很抱歉，我是不会被你收买的，”帕里斯脱口而出，根本没想过这样的回复对赫拉而言是多大的冒犯，“不过我还是谢谢你。现在，让我看看宙斯的女儿吧。”

雅典娜信心满满地朝帕里斯走来，她的头盔在阳光的照耀下闪闪发光。

“你是一个聪明人，”她说，“看着我，做出你的决定吧。不过，在此之前，我要告诉你，如果你把苹果给我，我不仅会让你成为最骁勇善战的武士，还会让你成为世界上最有智慧的人。”

“我不过是一个平凡的牧牛人，既不喜欢战争，也不喜欢打斗。普里阿摩斯统治的特洛伊是一个强大的国家，这里的老百姓过着平和而幸福的生活。”就像冒犯赫拉一样，帕里斯也毫不留情地拒绝了雅典娜。“至于那个苹果，”他补充道，“如果它是属于你的，我一定会毫不犹豫地给你。我对谁都会一样的公平。”

最后，阿佛洛狄忒欢快地跑了上来，脸上洋溢着胜利的笑容。

“你看看我多美啊！”她一边说，一边展现着她那婀娜多姿的身段，“你认为呢？一看到你，我就知道这个世界上再也找不出比你更英俊潇洒的年轻人了，而且，你真是太幸运了。听我说，这世上有一位和我一样美丽的王后，她与你是天造地设的一对。只要她认真地看你一眼，我敢保证，她一定会为了你放弃自己的家庭、宫殿以及所有的一切。她就是人间第一美女——海伦。关于她的美貌，你一定早有耳闻了吧。”

“哦，从没有人向我提起过她，求求你，再多说一点关于她的事情吧。”

“她的母亲是美丽的埃托利亚公主勒达，而她的父亲则是一只雪白的天鹅。这只天鹅不是别人，正是众神之父宙斯。当海伦还只是个不懂事的小女孩的时候，斯巴达与雅典两国就曾经为她爆发了一场战争。所有的希腊王子都渴望娶海伦为妻，但是她最后嫁给了斯巴达国王墨奈劳斯。不过，如果你想要得到她，我会助你一臂之力。”

“但这不可能啊。她已经嫁人了——而且还嫁给了一位国王！”

“噢，神啊，多么幼稚的孩子啊！你难道不知道我的职能是什么吗？在这个世界上，没有我解决不了的爱情问题。听着，只要有我的帮助，你就没有得不到的女子，因为我是爱与美之神阿佛洛狄忒。我想你已经明白这意味着什么了吧？请把那个苹果给我吧，我才是它当之无愧的主人。”

帕里斯明白了，哪怕他只是一个卑微的牧人，阿佛洛狄忒也可以帮他娶到宙斯的女儿，那可是这个世界上最美丽的女子！这听起来简直是天方夜谭，却是真的。

“我无法拒绝你的请求，”他对阿佛洛狄忒说，“我的心已经被海伦占据了！”

“我发誓，你一定会得到她！”女神回答。

于是，帕里斯将苹果交给了阿佛洛狄忒。

一切都在命运女神的安排中进行着。另外两位没有得到金苹果的女神发誓要复仇，特洛伊城在劫难逃。

几天后，几名普里阿摩斯的士兵来到伊达山，想要寻找一头公牛作为即将举行的竞赛的奖品。这场竞赛是为了纪念王国中的一位王子，而这位被纪念的王子不是别人，正是帕里斯，当时所有人都认为他已经死了。巧的是，士兵们选中的正是帕里斯最喜欢的那头大公牛。深爱这头公牛的帕里斯根本舍不得与它分别，于是，这位年轻的牧人决心去特洛伊参加竞赛，赢回自己的大公牛。

“你一个放牛的去参加竞赛？”听完帕里斯的话，牧人阿格劳斯就叫了起来，“不行，像你这样的人怎么能赢得竞赛呢？”

可帕里斯已经下定决心要把自己的大公牛赢回来。况且，他现在已经不再是从前那个普通的牧牛人了。他不是还要娶宙斯的女儿海伦为妻吗？为什么他就不能赢得这场比赛呢？

因此，比赛一开始，帕里斯就信心满满地出现在竞赛场上。在皇室成员面前，帕里斯凭借勇气和技巧，击败了全特洛伊最出色的摔跤手。在接下来的赛跑比赛中，帕里斯又把普里阿摩斯那些最善跑的儿子们远远地抛在了后面，第一个冲到了终点。王子们脸上无光，觉得受到了侮辱。为了挽回颜面，他们再次向帕里斯发起了挑战。可是，帕里斯又一次战胜了所有的对手。

三场比赛全都输给一个放牛的小子，王子们根本无法忍受这样的耻辱。他们愤怒地叫嚷着，说帕里斯一定是靠耍花样取胜的。其中一个名叫代福波斯的王子更是暴跳如雷，甚至要动手杀死帕里斯。幸好帕里斯敏捷地跳到了宙斯的祭坛上，躲过了他的袭击。

看到其他王子们要致帕里斯于死地，心急如焚的阿格劳斯跑到普里阿摩斯和赫卡伯的面前，哭喊道：“你们想干什么啊？这个年轻人不是别人，就是你们今天举行竞赛所纪念的王子啊！请原谅我，当年我实在没办法遵从您的命令杀死小王子。我怎能残忍地杀害一个无辜的孩子啊！”

“你怎么能证明你说的话呢？”

“我想，只要你们看到他，就会相信我说的话了。”

赫卡伯一见到帕里斯，顿时喜极而泣，普里阿摩斯也和她一样高兴得说不出话来。可是，阿波罗神的祭司听说帕里斯回来了，十分担心。他立即赶来提醒普里阿摩斯当年的那则神谕：

“帕里斯必须死，否则整个特洛伊城将毁于一旦。”

不过这一次，普里阿摩斯再也不肯听他的话了。

“我宁愿让特洛伊城化为灰烬，也不想再失去这个宝贝儿子了！”他喊道。

就这样，帕里斯成了皇室的一员。他的兄弟们建议他尽快成亲，帕里斯却一直没有忘记海伦——宙斯在人间唯一的女儿。

让人意想不到的是，有一天，海伦的丈夫墨奈劳斯来到了特洛伊。他奉德尔斐神庙传来的旨意，寻找两名在赫拉克勒斯攻陷特洛伊时战死沙场的斯巴达人的遗骸，把他们带回斯巴达安葬。

这真是天赐良机啊！帕里斯充分利用了这次机会，亲自接待了墨奈劳斯，安排他的衣食住行，帮助他找到了两位英雄的遗骸。这样一来，帕里斯就有机会接近情敌，了解到更多的信息。临走前，墨奈劳斯向帕里斯表达了衷心的感谢。

“你的盛情款待和大力帮助，我实在无以为报。有朝一日，等你来斯巴达，我一定会竭尽所能，报答你今日为我所做的一切。”墨奈劳斯说，而这正是帕里斯所期待的。

“即便是跨越千山万水，我也一定会去斯巴达拜访你。”他应承道。

于是，墨奈劳斯心满意足地离开了特洛伊，丝毫没有怀疑帕里斯去斯巴达的真正目的。

此后不久，普里阿摩斯便决定派遣使者前往萨拉弥斯。他想接回当年被忒拉蒙带走的妹妹赫西俄涅，当初的妙龄公主如今已是一位老妇人了，普里阿摩斯希望在年老时能一家团聚。于是，他询问是否有人愿意为他出使萨拉弥斯。

帕里斯听闻后，立刻表示他非常愿意为父王效劳。

“如果他们不肯将姑妈还给我们，”帕里斯补充道，“那我就绑架他们的公主，把她带回特洛伊当作谈判的筹码。”

当然，根本没有人对他的话表示怀疑。很快，一只精美而轻便的帆船停靠在了码头，随时准备出航。普里阿摩斯为萨拉弥斯的国王准备了丰厚的礼品，而随行的船员则是由帕里斯亲自挑选的，这其中就有他的远房亲戚——阿佛洛狄忒的儿子埃涅阿斯。

出发的日子到了，码头上挤满了前来送行的人。正当帕里斯与众人告别时，忽然有人大喊：“不要让帕里斯离开！他的这次远行将会给特洛伊带来灭顶之灾！”大声呼喊的人是帕里斯的妹妹卡珊德拉。

可从来没有人相信她的话，更别说会听信她的预言了。于是，船队依然按计划出发，特洛伊的悲剧由此拉开了序幕。

就在帕里斯登船时，一个女孩从人群中冲了出来，扑到他的怀中。这个女孩就是森林里的小仙女俄诺涅。她预感到巨大的灾难将降临特洛伊，却无法言说。她能做的只是再一次提醒帕里斯：“如果将来你受伤了，就来找我吧，只有我才能治好你的伤。”

帕里斯在她脸上轻轻一吻，离别的热泪顺着他的脸颊滑落下来。可是没过多久，帕里斯就忘记了小仙女，忘记了离别的悲伤，心里只想着美丽的海伦和这次冒险之旅了。当他再次想起俄诺涅的这番话时，一切都已经太晚了。

航船驶离了码头，在阿佛洛狄忒的帮助下，帕里斯一行人顺利抵达了目的地——斯巴达，而不是萨拉弥斯。带着父亲交给他的那些丰厚的礼品，帕里斯和他的随从们走向了墨奈劳斯的宫殿。

早在离开特洛伊之前，帕里斯就已经费尽心机，尽可能多地了解关于海伦的一切了。然而，他疏忽了其中最关键的一个细节——如果事先知道这一点，他就肯定不会来斯巴达。这究竟是怎么回事呢？让我们先从海伦的故事说起吧。

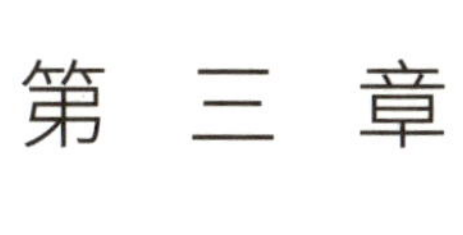

第 三 章

世间最美的女子：海伦

在墨奈劳斯成为国王之前，斯巴达一直由屯达柔斯统治。屯达柔斯爱上了忒斯提俄斯国王美丽的女儿勒达。这位国王有两个女儿，都长得楚楚动人。大女儿阿尔泰亚嫁给了卡吕冬的国王俄纽斯，著名的阿耳戈英雄之一墨勒阿革洛斯就是他们的儿子。小女儿勒达则嫁给了斯巴达的国王屯达柔斯。可是，就在勒达分娩的时候，一件令人难以置信的事情发生了：她先是生下了一个女儿，紧接着生下了两个蛋！

屯达柔斯惊奇不已，急忙跑到圣坛祈求神谕，阿波罗的祭司告诉他："神与人类的统治者——万能的宙斯也爱上了你美丽的妻子勒达。他化身成一只天鹅与她相会，勒达今天生下的两个蛋便是他俩的结晶。这两颗蛋将分别生出一个女孩和两个男孩。

"女孩长大后将成为这个世界上最美丽的女子，这两个男孩日后则会成为闻名天下的大英雄。你一定要像照顾自己的亲骨肉一样照顾好他们。因此，你要用你独到的眼光和智慧为女孩挑选一位合适的夫婿，我们已经预见，她举世无双的美貌会引起一场旷日持久的战争。"

祭司所指的那个女孩自然就是海伦，而那两个男孩——卡斯托耳和波吕丢刻斯，因为是同一颗蛋里生出来的，所以人们称他们为"孪生子"。同时因为他俩是宙斯的儿子，所以人们又称他们为"狄俄斯库里"。勒达所生的四个孩子中，只有最先产下的那个女儿克吕泰涅斯特拉才是屯达柔斯的孩子。

海伦是宙斯与凡间女子生下的唯一的女儿，而她的芳名也随着她那倾国倾城的美貌传遍了世界的每一个角落，被人们津津乐道。海伦还只是个十二岁的小姑娘时[①]，忒修斯便对她一见钟情。这位大英雄偷偷地把海伦带出了屯达柔斯的宫殿，从而引发了一场斯巴达与雅典之间的战争。

后来，海伦渐渐长大，越发出落得楚楚动人。屯达柔斯决定为她挑选夫婿，

① 上古时期生产力低下，人均寿命较短，因此与现代人定义的成年期不同。——编者注

希腊诸城所有的年轻王子都带着贵重的聘礼前来求婚。王子们对海伦的猛烈追求让廷达柔斯寝食难安，这不禁让他想起了祭司说过的话。

想到可怕的战争一触即发，老国王日夜揪心，他常常自言自语："有这样一个千人抢、万人爱的女儿，真不如有一个普普通通的女儿省心啊！海伦貌美，但这美貌就像一根危险的导火索，稍有不慎就会引发一场祸及全世界的大火！"因此，顾虑重重的廷达柔斯迟迟没有做出决定，更不敢轻易接受任何一位王子的聘礼。正当他一筹莫展时，机智的伊萨卡国王奥德修斯来到了斯巴达，帮老国王解决了这个棘手的难题。

奥德修斯是和众多求婚者一起来到斯巴达的，可他此行的目的并非求娶海伦，所以他根本没带任何聘礼。"海伦会选墨奈劳斯，"他推断说，"在所有求婚者中，墨奈劳斯最富有、最英俊，而且，只要他的哥哥——迈锡尼的国王阿伽门农出手相助，还有谁敢反对呢？他将会成为唯一的幸运儿——只不过，他能不能成为最后的赢家，还需要时间来证明。"在对廷达柔斯说这番话之前，奥德修斯就已经了解到，在所有前来求婚的王子中，海伦最中意的就是墨奈劳斯。

"我不知道你会如何解决眼前这个问题，"奥德修斯接着说，"但我此行的目的并非你的女儿。坦白讲，我对这个世间第一美女海伦并不感兴趣。"

廷达柔斯立刻回答："难道你觉得这样说会冒犯我吗？我一向尊敬聪明人，也知道你足智多谋，为人处世也比其他人理智果敢。你一定认为我在这件事情上太过优柔寡断，但我其实是有不得已的苦衷啊。曾经有神谕警告过我，海伦的婚事一旦处理不好，就会引发一场旷日持久的恶战，我心里真的是很害怕。"

"我不知道什么神谕，但我的想法是不会改变的。所以，我不像其他王子那样渴望得到你女儿的青睐。"

"那你为什么要来斯巴达呢？"

"我此行有两个目的：第一，我想求娶你兄弟伊卡里俄斯的女儿珀涅罗珀为妻，希望你能帮助我；第二，我也正想帮你解决眼下的难题，作为回报，我只希望你能竭尽所能，帮助我赢得珀涅罗珀。”

“一言为定！”屯达柔斯毫不犹豫地答应了，二人击掌盟誓。

“听着，”奥德修斯继续说道，“你一定要按照我说的方法去做。你让所有的求婚者立誓结成同盟：无论谁最终迎娶海伦，其他人都必须捍卫这场神圣的婚姻。如果有人胆敢破坏，所有盟友都要遵守誓言，哪怕发动战争也在所不惜。同时，为了避免其他王子对你怀恨在心，你应该让海伦自己选择她的丈夫。”

屯达柔斯被奥德修斯这一番明智的见解深深打动了。他马上召集起所有的求婚者，要求他们歃血为盟。王子们别无选择，只得同意。他们宰杀了一匹骏马，围着它站成一圈，然后一个接一个地举起右手重复了奥德修斯宣读的誓言。最后，正如这位聪明的伊萨卡国王所预见的那样，海伦选择了英俊富有的墨奈劳斯。

迎娶海伦后，墨奈劳斯便成了斯巴达的国王。接下来几年的时光平静而美好，他们还生了个女儿，名叫赫耳弥俄涅。墨奈劳斯简直成了这世上最幸福的男人——直到有一天早晨，两名外国使者抵达了斯巴达。

“备受尊崇的斯巴达国王，”其中一位使者说道，“我们来自神话中的国度——伊利昂[①]。我们二人先行一步，特来向您通报，受您之前的盛情邀约，我们尊贵的王子帕里斯今日专程前来回访您。”

使者的话让墨奈劳斯兴奋不已，他立刻与妻子分享了这个天大的好消息。于是，海伦穿上最华丽的礼服，戴上最贵重的珠宝，随丈夫一起来到宫殿门口，亲自迎接这位来自特洛伊的贵宾。

没多久，他们便远远地看到一行人朝宫殿这边走了过来。海伦站在墨奈劳斯身边，心中暗自得意，不仅仅是因为她自己拥有举世无双的美貌，更因为她的丈夫也格外英俊潇洒。是啊，在所有的希腊王公之中，金发的墨奈劳斯不仅

① 即特洛伊。——编者注

仪表非凡，身形也格外挺拔。

然而，当海伦逐渐看清渐渐走近的帕里斯那如天神般俊美的容颜时，她的眼里便再也容不下其他事物，内心随之燃起了熊熊的爱情之火。原来，阿佛洛狄忒的儿子，那个长着一双翅膀的厄洛斯早已用他的爱情之箭射中了她。所以，从见到帕里斯的第一眼开始，海伦的心就沦陷了，早把身边金发的丈夫抛到了九霄云外。

与此同时，帕里斯也像着了魔一般，被海伦深深地迷住了。眼前的一切不会是幻觉吧？“这正是我一直以来梦寐以求的妻子啊！”他自言自语道，“可是，要得到她似乎是不可能的。不过，爱神阿佛洛狄忒承诺会帮助我的。”

想到这里，帕里斯再也控制不住自己的感情，任由它像一匹脱缰的野马般四处奔走。“她一定会属于我的。”他一边喃喃自语，一边走上前去向她鞠躬致敬。在墨奈劳斯的热情欢迎下，他们一同走进了宫殿。当帕里斯献上各种珍贵的礼品时，墨奈劳斯更是笑得合不拢嘴。

就餐时，墨奈劳斯特意让帕里斯坐在了自己的右边——那个紧靠海伦的位置，以示对他的尊敬；他又安排埃涅阿斯坐在自己的左边，没一会儿就和他聊得热火朝天，根本没有留意到另一边，海伦和帕里斯正在窃窃私语，还不时眉目传情。

第二天，帕里斯看到海伦独自坐着，便走上前来，对她说道：“请听我说，我是为了你才来斯巴达的。请跟我走吧，爱神阿佛洛狄忒在我的心里种下了永不凋谢的爱情之花，我已经深深地爱上了你。自从宙斯决定让我从赫拉、雅典娜和阿佛洛狄忒中选出最美女神的那一刻起，他就已经安排好了你我的姻缘。得到金苹果的阿佛洛狄忒答应帮助我得到这世间最美丽的女子，而那位女子就是宙斯的女儿——她名叫海伦，就是你啊！从那时起我就下定决心，无论面前有多少障碍，我都要娶你为妻。为了你，我穿越了广阔的海洋来到斯巴达，所以，请千万不要拒绝我和我的这份深情。来吧，和我一起离开这里回特洛伊吧！”

此时的海伦根本无法拒绝帕里斯的任何要求，她已经被阿佛洛狄忒燃起的爱情之火烧昏了头脑，不顾一切地爱上了帕里斯。为了他，她宁愿抛弃深爱她的丈夫，抛下年幼的女儿，也愿意放弃所有爱戴她、尊敬她的斯巴达人民。

“我知道，我现在所做的一切都是错的，”她说，“可我控制不住自己。从看到你的第一眼起，我就像着了魔一样，疯狂地爱上了你。我甚至看见阿波罗就站在我面前，一会儿变成狄俄尼索斯，接着又变成厄洛斯。我曾经害怕墨奈劳斯会因为这件事而大发雷霆，可是现在，我什么也不怕了，因为你和强大的特洛伊一定会保护我。”

此时此刻，善良好客的墨奈劳斯还毫不知情，依然热情地款待着他的宾客们。盛大的宴会整整持续了九天，他却丝毫没有察觉到帕里斯正想方设法将海伦从他身边偷走。终于，机会来了，而制造这次机会的不是别人，正是墨奈劳斯自己。当宴会进行到第十天时，克里特传来墨奈劳斯祖父去世的噩耗，他不得不赶去参加葬礼。

临行前，他嘱咐海伦：“我离开的这段时间，你一定要悉心照料我们的客人，不能有丝毫怠慢。我相信你这个女主人一定会像我一样，把所有的事情都料理得井井有条。”

海伦信誓旦旦地答应墨奈劳斯，一切都遵照他的指示去做。可是，墨奈劳斯的船刚刚离开码头，她就开始准备和帕里斯私奔了。

在夜幕的掩护下，这对恋人悄悄溜出了王宫。海伦还带走了两名最忠诚的女奴，以及她所有的衣物和珠宝。可是，他们像是认为这一切还不足以引发一场恶战似的，竟然还丧心病狂地将墨奈劳斯的宝库洗劫一空。看来，天上的神灵们真的希望就此摧毁特洛伊城。

匆忙之中，他们驾船驶向了位于现在古泰昂岸边的一个名叫克拉奈的小岛。在那里，帕里斯和海伦度过了他们的第一个夜晚，从那之后，人们便把这个小

岛叫作“海伦岛”。当这对恋人再度起航时，航行就变得困难重重了，逆风把他们的船一直带到了塞浦路斯。

天气渐渐好转之后，由于担心墨奈劳斯的追捕，帕里斯又故意偏离航线，继续驾船北上，一直航行到了埃及和腓尼基。最后，当帕里斯确定旅途中不会再有任何麻烦后，才重新动身回家。终于，在离开斯巴达数月后，这对情侣才回到了特洛伊。

墨奈劳斯回到斯巴达后知晓了一切，顿时怒火中烧。

“备战！一定要全面备战！”愤怒的墨奈劳斯咆哮道，他立即赶往迈锡尼，请求哥哥的帮助。

阿伽门农毫不犹豫地答应了弟弟的请求，兄弟俩决定召集当年歃血为盟的希腊王子们前往特洛伊夺回海伦。不过，他俩首先来到了皮洛斯，征询奈斯托尔的意见。这位年高足智的老国王十分赞同他们的备战想法，还答应帮助他们召集其他希腊王公向特洛伊宣战。三人说干就干，立刻开始召集人马。

“帕里斯和他的人民必须受到严厉的惩罚！”墨奈劳斯坚持道，“只有杀一儆百，才能杜绝类似的事情再次发生，保证我们的妻子和财富的安全。”

许多希腊将领听闻此事后，都自愿加入讨伐的队伍中来。不过，仍有一些人犹豫不决。

“王后被拐走这样的事情真是千年难遇。”他们议论纷纷。

“你是因为想要夺回自己的妻子才坚持远征，这一点我们都理解。可千里迢迢跑到特洛伊去，我们又能得到什么呢？”他们问道。

墨奈劳斯的回答很快就打消了所有人的疑虑：“特洛伊是座繁荣富庶的城市。普里阿摩斯拥有的财富多得超乎你我的想象。这次出征会给你们带来什么好处，难道你们还不明白？”

尽管如此，还是有一位国王对这次讨伐没有丝毫兴趣，他就是当年让所有求婚者歃血为盟的伊萨卡国王——奥德修斯。

在众多阿开亚将领当中，奥德修斯不仅最足智多谋，也最精明狡猾。他的聪明才智人尽皆知，以至于人们常常认为他的父亲并不是莱耳提斯，而是一个名叫西西弗斯的、狡猾到可以愚弄神灵的聪明人。

还记得吗？从一开始，这位伊萨卡的国王就对世间第一美女海伦毫无兴趣，他看中的是伊卡里俄斯的女儿珀涅罗珀。尽管她远不及海伦貌美，但奥德修斯认为，单看一个人的外表是十分愚蠢的。相比之下，他更欣赏珀涅罗珀的内涵。

奥德修斯相信，一旦珀涅罗珀成为他的妻子，就会永远陪伴在他身边。

事实证明，他的选择是正确的。不过，要想娶珀涅罗珀也并非易事。国王伊卡里俄斯为了给女儿挑选一位称心的佳婿，特地举办了一场竞赛。在屯达柔斯的帮助下，聪明的奥德修斯凭着一些小花招，顺利击败了所有的竞争者。

可是，这些小伎俩没能逃过伊卡里俄斯的双眼，他并不打算把女儿嫁给奥德修斯。

“别这么傻了，”屯达柔斯劝说哥哥，“奥德修斯靠智慧打败了所有的对手，是他赢得了比赛！这才是最重要的。”

最后，伊卡里俄斯终于被说服了，答应把女儿嫁给奥德修斯。不过，深爱着女儿的他坚决不同意奥德修斯把珀涅罗珀带走。

“搬来和我们一起生活吧，”他对奥德修斯说，“等我死了，你就是这儿的国王。”

“我的家乡在伊萨卡，”奥德修斯回答说，“对我来说，能成为伊萨卡的国王就足够了。珀涅罗珀一定要和我回伊萨卡。”

可是，无论如何，伊卡里俄斯都不肯放女儿走。以至于到了最后，奥德修斯再也等不下去了。他抱着珀涅罗珀就跳上了回伊萨卡的战车，与老国王不辞而别。伊卡里俄斯立刻策马追赶，终于在斯巴达偏北的一个地方追上了他们。

“听我说，珀涅罗珀，”无可奈何的奥德修斯只得说道，“要么跟我回伊萨卡，要么留在你父亲身边。何去何从，你自己决定吧。”

这样一来，反倒让珀涅罗珀不知如何是好了。从小到大，她一直遵从父亲的教诲，同时她也深爱着奥德修斯，却又羞于承认想和他一起离开。现在，她唯一能做的就是放下面纱，低下头，静默地立在凉风之中。

伊卡里俄斯被女儿的举动打动了，也理解了奥德修斯。最终，他决定让女儿、女婿回伊萨卡。后来，为了赞扬女儿谦卑有礼的高尚品质，伊卡里俄斯在离别的地方树立了一座雕像。

历经周折，奥德修斯终于娶到了意中人。多年来，作为伊萨卡的统治者，他的生活快乐而惬意。珀涅罗珀还为他生了一个儿子，名叫忒勒马科斯。然而，就在这时，传来了海伦和帕里斯私奔的消息。

“事情看起来不妙啊，”奥德修斯对妻子抱怨道，“墨奈劳斯和阿伽门农已经开始召集全希腊的军队了。不用多久，他们就会来找我了。所有的人都知道，没有我出谋划策，希腊人无法出征特洛伊。但我何苦放弃现在幸福安稳的生活，千里迢迢地跑到一个人生地不熟的地方去打仗呢？就算他们以普里阿摩斯的全部财富作为回报，我也不会同意。而且，是墨奈劳斯自己选择了海伦，事到如今，他能怨谁呢？整件事跟我有一丁点儿关系吗？你又没做错任何事，凭什么要与我——你自己的丈夫、你孩子的父亲分别，还要每天为我提心吊胆？整个希腊又做错了什么？他的家庭破裂了，难道就要全希腊人民都像他一样妻离子散吗？

“墨奈劳斯自己把英俊的帕里斯留在自己的宫殿里，好吃好喝地款待了整整九天，这难道是别人的过错吗？当他要去克里特时，不但没有将帕里斯送走，还让海伦来照顾他，给他们制造机会，这个男人怎么就这么愚蠢啊？我并不是说他不够勇敢，可是他为什么那么粗心大意，一点也没留意到身边人的变化呢？难道他的眼睛瞎了？还是耳朵聋了？

“听着，我知道伊萨卡有位出色的先知，名叫阿里忒尔塞斯，我去找他算一卦。如果他说这次征战很快能结束，我就去；可如果他说等我从特洛伊回来，已经是一个垂暮的老人，那我就要想一个脱身的办法了。毕竟我当初并没有和他们一起歃血为盟，不必承担这份义务。”

阿里忒尔塞斯为奥德修斯卜了一卦，而这一卦算得相当准确。

“如果你去了特洛伊，”他说，“二十年后你才能再次踏上家乡的土地。那时，你已经老得没有人能认出来，与你同去的伙伴们也全都死了。”

这样凄惨的结局可不是奥德修斯想要的，于是他假装变得神志不清，希望能逃过这次远征。

奥德修斯变疯的消息很快传遍了整个希腊。但是，有一个人根本不相信，他就是瑙玻里俄斯的儿子——帕拉墨德斯，他的聪明才智绝不在奥德修斯之下。

帕拉墨德斯对墨奈劳斯和阿伽门农说：“在这个世界上，就算所有人都疯了，奥德修斯也不可能失去理智。让我们一起去揭穿他的诡计吧！”

于是，这三人来到了伊萨卡，发现奥德修斯正在田里耕地。犁上拴着一头牛和一头驴子。他一边走，一边向身后的犁沟里撒盐。三个人越走越近，奥德修斯就像不认识他们一样，继续推着犁向前走。珀涅罗珀站在丈夫身边，怀中抱着自己的儿子，忧心忡忡地注视着这三位不速之客。

突然，帕拉墨德斯一把抢过珀涅罗珀怀中的婴儿，不偏不倚，正好丢在奥德修斯的犁耙前。他大喊道：“奥德修斯，随我们一同征战去吧！”奥德修斯不想伤害自己的孩子，只得猛地拉住犁耙，停了下来。

就这样，他的骗局被揭穿了。他无奈地回答："不管怎样，就让我们都忘了今天发生的事情吧。我现在就和你们一起去讨伐特洛伊。我将竭尽全力，做好墨奈劳斯的坚强后盾！"

然而，奥德修斯一直对帕拉墨德斯怀恨在心，只不过，狡猾的他把这份怨恨深深地埋在了心底。

当全希腊的将领和英雄们都聚在一起时，大家发现唯独少了一人，他就是弗西亚国王珀琉斯与忒提斯的儿子——阿喀琉斯。这实在太奇怪了！平日最积极踊跃的就是阿喀琉斯，这一次他却离奇失踪了。

阿喀琉斯虽然还未成年，却是出了名的骁勇善战。他的母亲忒提斯很早就知道自己将会生下一个十分强壮的儿子。为了让儿子能像她一样长生不死，阿喀琉斯还是个婴儿的时候，忒提斯就用冥河水浸遍了他的全身——除了脚踝，因为她是抓着儿子的脚踝把他浸入冥河水中的。因此，除了脚踝，阿喀琉斯的全身就像铜墙铁壁一样，能够抵御任何武器的进攻。

接着，忒提斯又把儿子送到佩利翁山上，让人马喀戎对他进行超乎常人的严格训练。在饮食上，喀戎给他吃熊脑、鹿肉和狮子心，从而使他变得像熊一样机智，像鹿一样敏捷，像兽中之王狮子一样勇猛无畏。在技能方面，喀戎教会阿喀琉斯打猎和驾驭马车的技巧以及各种武艺。

除此之外，喀戎还教阿喀琉斯识字，观看天象以及各种救死扶伤的医术。阿喀琉斯还从缪斯女神卡利俄珀那儿，掌握了奇妙的音韵学。

聪明的阿喀琉斯学习能力很强，没多久就把老师们传授的知识和技艺全都学会了。他健壮灵巧，十分善跑，甚至可以不借助猎犬的帮助，徒手抓住飞奔中的梅花鹿。他还喜欢打猎，善用长矛。当他只有六岁时，就已经可以独自杀死一头熊。从那以后，喀戎的山洞口经常会有阿喀琉斯带回来的战利品——死熊和死狮子。

终于有一天，睿智的喀戎对他说："现在，你的所学已经超越了我，我无法

再当你的老师了。从今以后，就要靠你自己闯荡了。”

当帕里斯诱拐海伦的消息传来时，阿喀琉斯已经回到了家乡弗西亚。这个仅仅十五岁的少年被任命为弗西亚大军——著名的密耳弥多涅人的统帅。尽管还没人通知他，但阿喀琉斯已经做好了远征的准备。

然而，他的母亲忒提斯此时的心情异常沉重。因为早在儿子出生前，她就已经知道阿喀琉斯必将英年早逝，战场将是他最后的归宿。阿波罗曾经很明确地告诫她："阿喀琉斯注定难逃一死，除非他不去特洛伊。"

于是，忒提斯决定把阿喀琉斯藏起来。她把阿喀琉斯乔装成女孩的模样，送去了斯库罗斯岛，拜托那儿的吕科墨得斯国王照顾他。在那里，阿喀琉斯住在国王的宫殿里，与公主们一起生活。又因为他有一头火红色的头发，公主们就都管他叫皮拉。

可是，先知卡尔卡斯说过，如果没有阿喀琉斯的帮助，特洛伊将永远无法被攻克。所以，那些决意远征的领导者们开始四处搜寻他的下落。最后，吕科墨得斯国王的宫殿成了他们怀疑的对象。得到这一消息后，奥德修斯带着几名随从来到了斯库罗斯岛。

“这里没有什么阿喀琉斯，就连男孩也没有。”吕科墨得斯告诉他们。

“也许他不在这里，可是您能允许我们搜查一下吗？”奥德修斯要求道。

“没问题，你们随便。”吕科墨得斯回答道。

奥德修斯一行人将整个宫殿搜了个遍，发现这里真的只有女孩。

“那好吧，打扰了，”奥德修斯假装妥协，“不过在走之前，为了弥补对您和您的女儿们造成的不便，我们准备了一些礼物送给公主们。”

他们回到船上，拿来了不少女孩们喜欢的礼物——不过，其中还有一面盾牌和一柄长矛。他们将所有的礼物放在了宫殿里的一张大桌子上。

公主们一见到满桌的礼物，便一拥而上，争着挑选自己喜欢的东西。只有一个红头发的女孩丝毫不为所动，脸上还露出一副不屑一顾的表情。

突然，外面传来一阵嘹亮的小号声，人们的叫喊声和各种兵器交战的声音此起彼伏，听起来好像一场战斗正在激烈地进行。当然，这些都是奥德修斯的随从按照他的吩咐，故意制造出来的混乱场面。这时，那个原本十分安静的红头发女孩忽然一跃而起，抓起桌上的矛和盾，向门外冲去。

奥德修斯知道，那一定就是自己要找的人。他跑上前去，拦住了正要冲出门外的阿喀琉斯，向他表明了自己的身份和来意。听完他的话，阿喀琉斯一把撕碎身上的女装，立刻答应和他们一起远征特洛伊。

在离开斯库罗斯岛前，阿喀琉斯与国王及公主们一一道别。其中，一个名叫黛达弥娅的公主完全抑制不住眼泪，哭得特别伤心。阿喀琉斯被她的眼泪打动了，最后才与她依依道别。很显然，这两位年轻人之间一定别有隐情。

离开斯库罗斯岛后，阿喀琉斯回到了家乡弗西亚，开始为远征特洛伊做准备。他的堂兄，洛克里斯国王墨诺伊提俄斯的儿子帕特罗克洛斯是他最好的帮手。为了躲避世仇的追杀，帕特罗克洛斯不得不背井离乡来到弗西亚，寻求叔叔珀琉斯的庇护。尽管他比阿喀琉斯年长，但两人是形影不离的好伙伴。无论欢乐还是痛苦，两人都共同承担。每当阿喀琉斯遇到挫折和困难时，帕特罗克洛斯总会在一旁激励他、开导他。

终于到了出发的时刻，珀琉斯前来为儿子饯行。老国王难掩离别的悲伤，老泪纵横，不过也打心眼里为自己的儿子感到骄傲。临别时，父亲给了儿子几件珍贵的礼物。

这可是许多武士梦寐以求的宝贝啊，其中就有珀琉斯结婚时，神灵们送给他的那杆重得出奇的、只有他们父子俩才举得起的锋利长矛，以及海神波塞冬送的两匹会说话的神马。

珀琉斯还命全国最出色的军师——足智多谋的菲尼克斯跟随阿喀琉斯一起远征，希望他能为年轻冲动而又缺乏经验的阿喀琉斯出谋划策。这位老军师看着阿喀琉斯长大成人，既是他的老师，也是他的义父。此外，随阿喀琉斯一起远征的还有他麾下的密耳弥多涅人。当然，他最好的朋友、勇敢的帕特罗克洛斯也一直追随在他身边。表面看来，拥有铜墙铁壁身体的阿喀琉斯的这次远征毫无悬念，一定能够所向披靡、大获全胜。可是别忘了，他的脚踝并没有被冥河水浸泡。因此，人们也用“阿喀琉斯之踵”来形容强者的致命弱点。

这位少年英雄注定要战死沙场。其实，阿喀琉斯早已从母亲那里得知了这一结局，忒提斯把真相告诉他，就是希望他能因为害怕而退出战争。可怜的忒提斯啊！她难道忘记了普罗米修斯曾经预言过，如果阿喀琉斯的父亲不是凡人，那么，就算是宙斯也要怕他三分？

事情的发展正如命运女神安排好的那样，阿喀琉斯的出征已成定局。他迅速集结了军队，与帕特罗克洛斯一起登上了战船。在阿喀琉斯的率领下，五十艘战船浩浩荡荡地向奥利斯驶去。

于是，所有的希腊船只和军队都在欧波亚岛的港口集合，整装待发。

这次远征的盟军统帅和最高将领是迈锡尼国王阿伽门农，而他的妻子正是海伦的姐姐克吕泰涅斯特拉。阿伽门农率领了一百艘战船来到了奥利斯，他的军队骁勇善战，可与宙斯的神兵神将相媲美。对于这一点，没有人会怀疑。然而，阿伽门农既不是最称职的统帅人选，也不是最公正的统治者。

事实上，阿伽门农出身的阿特柔斯家族曾经被诅咒过，而诅咒他的父亲阿特柔斯和叔叔提厄斯忒斯的正是他的祖父珀罗普斯[①]，因为他们为了争权谋害了自己的亲兄弟。之后，两兄弟逃到了迈锡尼，自负而又怯懦的欧律修斯国王收留了他们。

可就在欧律修斯死后没多久，两兄弟又为争夺迈锡尼的王权展开了残酷的角逐，一系列的谋杀和丑闻也随之产生。提厄斯忒斯的儿子埃吉斯托斯杀死了阿特柔斯。为了给父亲报仇，阿伽门农则用计杀死了提厄斯忒斯。阿特柔斯家

---

① 该珀罗普斯是坦塔罗斯的儿子，坦塔罗斯即触犯神威而被罚永世无法喝水吃食的宙斯之子。——编者注

族一直背负着的邪恶诅咒，最后在阿伽门农的孩子们身上应验了，他们是可怜的伊菲革涅亚[①]、厄勒克特拉和俄瑞斯忒斯。

尽管如此，这个家族仍然是全希腊的最高统治者，因为他们持有宙斯的权杖。这根象征至高无上王权的权杖由赫尔墨斯交给珀罗普斯，再由珀罗普斯一代代传下去，现在到了阿伽门农手中。所以，紧握着这根权杖的阿伽门农就变成了全希腊盟军的最高统帅。

虽然这并不合情理，但是人们相信这一切都是宙斯和冷酷的命运女神安排好的，也就默许了这位统帅的领导。不过，无论阿特柔斯家族的权力有多大，也不管他们在战场上多么神勇，都无法弥补他们自私、贪婪和固执的本性。这种本性在即将到来的战争中表露无遗，给远征的阿开亚人带来了巨大的伤害。

与阿伽门农完全不同的是，弟弟墨奈劳斯在没有心计和迫害的环境中长大，因此他心地善良、温和儒雅，与哥哥的性格反差极大。但是这一次，他着实被帕里斯无耻的行径惹怒了，才坚定不移地要去特洛伊报仇雪恨。为了这次远征，他带来了六十艘战船的人马。后来，这位勇猛的战士与帕里斯决斗，凭借精湛的武艺彻底击败了情敌，洗刷了夺妻之恨。尽管明知不是赫克托耳的对手，他还是勇敢地应对赫克托耳的挑战。若不是哥哥阿伽门农及时制止了他，墨奈劳斯一定在劫难逃。

在这场战争中，还有许多阿开亚将领脱颖而出，但在关键时刻，能像萨拉弥斯的大埃阿斯这样能独当一面的英雄却着实不多。希腊勇士中，除了阿喀琉斯，就再也找不到比大埃阿斯更骁勇善战的了。他身材魁梧，比其他战士足足高出一头。每当他高举盾牌、挥舞长矛的时候，看起来就像是远古时的战神。他力大无穷，能举起巨大无比的石头向敌人砸去，令敌人闻风丧胆。他的父亲忒拉蒙就是曾经与赫拉克勒斯一起攻占特洛伊的大英雄，忒拉蒙还娶了普里阿

① 伊菲革涅亚实际为忒修斯与海伦之女，后由海伦的哥哥们送给阿伽门农夫妇养育。夫妇俩十分喜爱这个女孩，将其视若己出。——编者注

摩斯的妹妹——赫西俄涅为妻。不过埃阿斯不是赫西俄涅的儿子，所以他对特洛伊向来没有什么好感。这次他带来了 12 艘战船。

与他并肩作战的还有另一位埃阿斯。他是洛克里斯的国王俄伊琉斯的儿子，率领着 40 艘战船参与远征。他尽管身形矮小，却十分敏捷，跑起来如同射出去的箭，掷出去的矛比风还要快。这大小两位埃阿斯联手时战无不胜，只有神灵才能抵挡住他们的进攻。

不过，有一位英雄却能单枪匹马地与神灵对战。他就是拥有雅典娜强大支持的阿尔戈斯国王狄俄墨得斯。他是如此威猛强壮，以至于人们常常拿他与大埃阿斯相比。战争中，在许多希腊人都心生畏惧想要撤退时，他率领将士们坚守阵地，才使得阿开亚人取得最后的胜利。现在，这位大英雄率领着 80 艘战船赶到了奥利斯。

终于，在阿伽门农的召集下，一支由来自 30 个不同地区的、1200 艘战船组成的强大盟军在卡尔基斯附近的奥利斯集合了，随时准备进军特洛伊。

勇敢的特洛伊人并没有坐以待毙，他们积极地准备战斗并一直坚持抵抗了整整十年，彰显了他们拼死保卫家园的决心。尽管他们也得到了许多邻邦的支持，但从力量上来看，还是无法与阿开亚人相抗衡。因此，他们最主要的防御武器还是那座高耸入云且坚不可摧的城墙，那可是神灵建造的啊。不过，特洛伊人能坚守家园那么久，绝大部分的功劳还是要归于他们出色的领袖——普里阿摩斯与赫卡伯的儿子——赫克托耳。

身为一位高贵的王子，赫克托耳的一生却极富悲剧色彩。荷马曾用最优美的诗篇讴歌了这位伟大的英雄。这些美丽的诗篇广为传颂，一直流传到今天，让我们感受到当时战争的残酷和可怕，同时深深地记住了这位为了保家卫国最终血洒疆场的大英雄。

赫克托耳深爱着自己的家人和臣民，他愿意为了他们奋力拼搏并甘愿承受各种内心的折磨。事实上，在荷马看来，从来就没有朋友与敌人之分，也没有希腊人和野蛮人之分。这部史诗向我们展现的是一场人与人之间的战争，一场发生在特洛伊人与阿开亚人之间的殊死较量。

赫克托耳具备所有英雄应该具备的素质：强壮果敢、心智成熟、武艺高超且公正仁慈。在战场上，没有人是他的对手。人人都知道，与他交战无异于自取灭亡。普里阿摩斯已经年迈，除了在后方起到支持作用外，他根本没有精力和能力去应付这场恶战。因此，全体特洛伊人都将希望寄托在赫克托耳身上。阿开亚人深知赫克托耳的实力，也着实对他心怀畏惧。

当无敌的阿喀琉斯中途退出战斗时，英勇的赫克托耳率领特洛伊人冲锋陷阵，势如破竹，把阿开亚人一直打退到海边的战船上。当愤怒的阿喀琉斯重返战场时，唯一能与他对阵的还是赫克托耳。虽然明知阿喀琉斯比自己略胜一筹，但是他依旧义无反顾地冲上前去迎战。面对死神，谁的心中不是充满恐惧呢？可是赫克托耳那颗勇敢的心决不能容忍临阵脱逃的耻辱。从始至终，他都没有退缩过，直至生命的最后一刻。

被阿喀琉斯的长矛刺穿胸膛的一刹那，赫克托耳用自己的鲜血印证了自己无愧于英雄这一称号。这位勇敢且高尚的特洛伊领袖将永远被铭记——无论是他的臣民，还是他的敌人。

在特洛伊众勇士中，仅次于赫克托耳的英雄非埃涅阿斯莫属了。埃涅阿斯是女神阿佛洛狄忒的儿子，他的父亲是达耳达尼亚的国王安基塞斯。其实，与安基塞斯相爱并不是阿佛洛狄忒的本意。这位女神常常吹嘘自己不会爱上任何凡间的男子，这让万能之王宙斯听得腻烦，毕竟他曾经爱上过许多凡间女子。于是，宙斯就让她身不由己地爱上了俊美的安基塞斯。

一次外出时，阿佛洛狄忒碰巧在伊达山上遇到了正望着自己的牛群出神的安基塞斯。

不过，一开始，女神并没有向他表明身份：“我是弗鲁基亚的公主。赫尔墨斯在梦里告诉我，我将会成为你的妻子。”

安基塞斯已经完全被阿佛洛狄忒的美貌俘获，对她的话深信不疑。在宙斯和命运女神的安排下，不明真相的安基塞斯就和这位美丽的女神在一起了。

就这样，他们的儿子埃涅阿斯诞生了。随帕里斯一起去斯巴达抢走海伦的人就是他。埃涅阿斯是一名勇敢无畏的战士，就连阿喀琉斯也承认，如果把赫克托耳比作特洛伊最有力的武器，那么埃涅阿斯就是整座特洛伊城的灵魂人物。阿佛洛狄忒一直守护在儿子的身边。当特洛伊被攻陷以后，只有埃涅阿斯和其他少数几位英雄逃过了一劫。

其实，特洛伊的悲惨结局很早就被普里阿摩斯的女儿卡珊德拉预见了，可没有人相信她的话。这又是为什么呢？

光明之神阿波罗爱上了神圣美丽的卡珊德拉并向她承诺，如果她能以同样的感情回报他的爱，就赋予她预测未来的能力。卡珊德拉答应了阿波罗，可当她变成先知以后，却又反悔了。光明之神被惹怒了，不过他将自己的愤怒隐藏起来，故意请求再吻一次卡珊德拉。美丽的公主没有怀疑便答应了他，可就在接吻的瞬间，阿波罗向她口中吐了一口唾沫来报复她。

就这样，阿波罗并没有收回卡珊德拉预知未来的能力，却使人们不再相信她说的话了。是啊，如果特洛伊人听信了卡珊德拉的预言，特洛伊战争就不会爆发了。

阿开亚人先后发动了两次远征。第一次远征因为迷失了方向而以失败告终。起初，统帅阿伽门农认为，年轻的阿喀琉斯是全军之中最适合做向导的人。因为他推断，如果让阿喀琉斯率领船队前往特洛伊的话，女神忒提斯一定会在航行途中保佑儿子，使他能够顺利抵达。

然而，这只是阿伽门农一厢情愿的想法，忒提斯可不这么想。她知道，儿子一旦踏上特洛伊的土地，就必死无疑。所以，忒提斯根本就不希望儿子的此次远征能够成功。于是，女神改变了风向，使整个盟军船队背道而驰，最终到达了密西亚，而密西亚的国王就是赫拉克勒斯的儿子——勇敢威猛的忒勒福斯。

不明就里的阿开亚人还以为已经到了特洛伊，一上岸便开始四处烧杀抢掠。

看到这些不请自来的侵略者，国王忒勒福斯怒不可遏，火冒三丈，怎么敢有人在他的地盘上如此放肆呢？他立刻率兵反击，把没来得及防范的阿开亚人打得落花流水，直到阿喀琉斯和帕特罗克洛斯出现，才扭转了败局。

激战中，忒勒福斯刺伤了帕特罗克洛斯的手臂，这下他可摊上大事了。看到好友受伤，阿喀琉斯一声怒吼，高举着宝剑向忒勒福斯冲了过来。谁都能看出，忒勒福斯绝对不是阿喀琉斯的对手，忒勒福斯也是个识相的人，一看形势不妙，立刻拔腿就跑。若不是酒神狄俄尼索斯在半路上拦住了他，也许他真的可以逃过此劫。

忒勒福斯注定要遭受这次劫难。因为在之前的各种宴会和狂欢中，他总是忽视酒神狄俄尼索斯。在这个关键时刻，早就对他心怀不满的酒神趁机落井下石。正当忒勒福斯为了逃命而狂奔不已时，一个大树杈突然从地上冒了出来，将他绊倒在地。

眨眼间，阿喀琉斯就追了上来，将长矛刺进了他的腿中，为帕特罗克洛斯报了仇。这可不是一个轻易就能治愈的小伤口，而是被阿喀琉斯的长矛撕开的一道又宽又深的大口子啊。这正是阿喀琉斯从喀戎那儿学到的——以牙还牙，以眼还眼。

后来，终于意识到不对的阿开亚人回到战船上，可当他们重新起航时，一阵风暴突然袭来，吹散了所有的战船。坏天气让战士们的士气低落，逆风的航行和对远征的未知更让许多人打起了退堂鼓。最终，将领们率领着各自的船队返回了故乡，第一次远征宣告失败。而此时，距离帕里斯与海伦私奔已经过去了两年。

又过了一段时间，眼见这场风波逐渐平息，大多数希腊将领十分高兴，有一个人却寝食难安，他就是墨奈劳斯。他再次不停奔走，鼓动各位将领重新集结。要说服阿伽门农、奈斯托尔以及阿喀琉斯这些本就极力主战的英雄并不费力，可其他大多数将领却纷纷抱怨。

“我们只立过一次誓言，也都履行过了，怎么无休无止啊？”有人说。

“第一次的失败就已经暗示我们了，神灵并不赞同我们攻打特洛伊。”有些人明确反对远征。

对此，墨奈劳斯反驳道：“你们都曾经发誓要支持并捍卫我的婚姻，所以现在就不要拿神灵来做挡箭牌了。我相信，没有哪位神灵会看着我们的妻子被拐走、宝库被洗劫一空而坐视不管。如果我们不去讨伐特洛伊，不把海伦和财宝抢回来，那么不仅神灵会看不起我们，我们的臣民也会永远记住我们的耻辱，斥责我们作为统治者没有尽到应有的职责！”

不知是墨奈劳斯的这番话唤醒了他们心底的荣誉感和责任感，还是对财富的向往更具诱惑力，这些已经退出远征的希腊将领们再次被说服了，他们陆陆续续带领着自己的人马再次来到了奥利斯。时光飞逝，当所有战船再次在奥利斯集结完毕时，又过去了八年。

即便这样，当年的难题重新摆在了盟军面前：到底谁比较熟悉航线，能带领他们万无一失地到达特洛伊呢？

奥德修斯认为，最合适的人选就是普里阿摩斯的女婿忒勒福斯。可当时忒勒福斯正在密西亚养伤，怎样才能找到他呢？况且就算找到了他，又该怎么说服他率领阿开亚人去攻打他的岳父呢？

正当众人一筹莫展的时候，忒勒福斯却不请自来。当年被阿喀琉斯刺伤之后，他腿上的伤口就一直没有痊愈。饱受伤痛折磨的忒勒福斯只得寻求神灵的帮助，而他得到的回答是：“解铃还须系铃人，只有那个刺伤你的人才能治愈你的伤口。”

无奈之下，忒勒福斯只好来到希腊找阿喀琉斯为他疗伤。他暗自思量：怎样才能找到阿喀琉斯呢？就算找到了，阿喀琉斯会同意医治一个曾经残杀过阿开亚人并伤害过他好友的人吗？经过再三考虑，忒勒福斯把自己乔装成一个落魄的流浪汉，前往迈锡尼，来到了阿伽门农的宫殿前。

当时的希腊有这样一种风俗：无论贫富贵贱，每一个路过的陌生人都会得到领主的盛情款待。等来人吃饱喝足之后，主人才可以询问他的姓名和来历。假装成乞丐的忒勒福斯也受到了同样的待遇。当他一顿饱餐之后，阿伽门农问道："你是谁？为什么来迈锡尼？"

突然，这个流浪汉一跃而起，从克吕泰涅斯特拉的手中一把夺走小俄瑞斯忒斯，大声喊道："我就是忒勒福斯，多年来，我一直饱受腿伤的折磨，神谕告诉我只有阿喀琉斯才能治好我的伤。今天，如果你不把阿喀琉斯带到这儿来替我疗伤，我就把这个小孩扔到火里去。"

此前，许多将领就已经在迈锡尼集结，阿喀琉斯也来了。因此，阿伽门农立刻命人去找阿喀琉斯。

"我会让阿喀琉斯为你疗伤的，"他对忒勒福斯说，"不过你必须答应一个条件：带我们去特洛伊。"

忒勒福斯答应了阿伽门农的要求，阿喀琉斯却不愿意为他疗伤，因为他无法原谅这个曾经伤害过帕特罗克洛斯的人。

"喀戎不是教过你吗？"阿伽门农反驳道，"帕特罗克洛斯胳膊上的伤不也是你治好的吗？现在，你居然说你不懂医术？"

"无论如何，我都不会帮他疗伤。你们谁想治，谁就去治好了！"

"但是神谕说，只有刺伤我的人才能治好我。"忒勒福斯坚持要让阿喀琉斯为他疗伤。

就在双方僵持不下的时候，奥德修斯出来解了围。"是阿喀琉斯的长矛把你刺伤的，"他说，"去把你的矛拿过来，阿喀琉斯！"

很快，那根长矛就被送来了。奥德修斯从锋利的矛头上削下了一些铁屑，磨成粉末之后撒到了忒勒福斯的伤口上。说来也怪，那道伤口竟然立即愈合了。于是，忒勒福斯答应履行承诺，带领阿开亚人去特洛伊，但是他只管带路，决不参与战斗，毕竟普里阿摩斯是他的岳父啊。

第四章

伊菲革涅亚之祭

终于，所有船队再次在奥利斯集合，一切都准备就绪，只等阿伽门农一声令下，就可以出发了。可是，起航的命令迟迟没有下达——原来是天公不作美，连一丝风也没有。日子一天天地过去，天气却丝毫不见好转，人们几乎绝望了。

“这样的天气还要持续多久啊？”很多人开始发问。

“很明显，神灵们也在与我们作对，”有人嘀咕埋怨道，“我们就应该立即回家。”

将领们和他们的士兵一样焦急。最后，他们决定去询问军中最有威信的预言家卡尔卡斯。老人对大家说：“这是因为女神阿尔忒弥斯还在生我们统帅的气呢。阿伽门农从来都只在自己需要帮助的时候才会想起这位女神，可女神让他如愿以偿之后，他又总是忘记回报女神的恩赐。久而久之，怨恨开始在女神心中滋长。前不久，阿伽门农又做了一件大不敬的事情，彻底激怒了女神。

在一次狩猎中，阿伽门农从很远的地方射中了一只鹿，他竟然吹嘘自己的箭术比阿尔忒弥斯更胜一筹。最糟糕的是，他还在奥利斯的森林里猎杀了一只山羊，要知道，这可是女神最钟爱的圣物啊。这下女神的怒火无法平息了，她要求阿伽门农立刻履行自己曾经许下的一个承诺。

阿伽门农曾经承诺过，要把那一年中在他的王国里出生的最美丽可爱的小生命供奉给女神。而在那一年出生的所有生物之中，最美丽动人的就是他的女儿伊菲革涅亚。不过，这个傲慢无礼的国王早就将自己的承诺抛之脑后了。所以，现在到了阿伽门农兑现诺言的时刻了，除非他把自己的女儿伊菲革涅亚敬献给阿尔忒弥斯，不然，受到羞辱的女神心中的怒火是无法平息的，我们也永远等不到起航需要的好天气。”

听完卡尔卡斯的话，阿伽门农震惊不已，因为他清楚，卡尔卡斯的话句句属实。但是，用他最心爱的女儿来祭祀神灵，他实在不能接受。他根本就做不到啊。不，他决不允许这样的事情发生！不过，他装作毫不在意地说：“克吕泰涅斯特拉肯定不会答应。”

“没人希望这样的事情发生，”墨奈劳斯回答说，“可是，如果不遵从女神的旨意，我们就无法起航去特洛伊啊！”

“如果一定要以伊菲革涅亚为代价的话，我才不在乎能不能去特洛伊呢！”阿伽门农心里直犯嘀咕。不过，他沉住气，大声说：“我也不知道该怎么办。不过，有一点我很确定，伊菲革涅亚的母亲一定不会同意我们这么做。”

“如果这是神灵的旨意，我们又何必征求一位母亲的意见呢？你到底要怎样才肯交出女儿？”有人叫嚷起来。

“我的确不想失去女儿。可是，身为全体阿开亚人的统帅，我别无选择，只能放弃她。如果克吕泰涅斯特拉同意，那么我也不会反对。”

“直说了吧，我看你根本就不想交出女儿。”一名将领指责道。

有人甚至说：“我们还是换一位统帅吧！”

话音未落，就有人应和道：“选帕拉墨德斯！”

这时，奥德修斯跳了起来。

“如果你们推选帕拉墨德斯做统帅，那我就立刻收拾行李回家。”奥德修斯一边说着，一边向自己的船队走去。

“停下来，奥德修斯。我也不赞成更换统帅，”墨奈劳斯说，“不过，阿伽门农必须马上做出决定。”

阿伽门农仍旧一言不发。

“听着，阿伽门农，”奥德修斯说，“我本不想帮助墨奈劳斯远赴他乡报仇雪恨，但是自我答应你们出战的那一刻起，就没想过无功而返。别以为我不理解你。将自己的女儿作为祭品献给阿尔忒弥斯，这的确很为难。即使你下定了决心执行女神的旨意，你也无法把这个残酷的真相告诉她。不过，我想到了一个好办法，你现在立刻写信给克吕泰涅斯特拉，让她赶紧把伊菲革涅亚送到这里来。你骗她说为了奖赏阿喀琉斯在密西亚的神勇表现，你已经决定要把女儿嫁

给他。在信中，你一定要坚持让伊菲革涅亚独自前来，不要带任何侍女，也不要母亲的陪伴。对于这一点，你可以说，克吕泰涅斯特拉贵为王后，不宜出现在军营之中，而且，婚礼一举行，我们就即刻前往特洛伊。所以，她最好能尽快把女儿送过来，越快越好。”

阿伽门农仍然保持沉默。

最后，墨奈劳斯以哥哥的口吻给克吕泰涅斯特拉写了一封信。

“签字吧，”墨奈劳斯把信拿到哥哥面前，“士兵们都在抱怨了，伊菲革涅亚必须来。”

“可万一阿喀琉斯不愿意被牵扯进来呢，我们是不是应该先征求一下他的意见？”阿伽门故意拖延时间。

“如果是他不同意呢？”奥德修斯反诘，“我们还有什么办法能让伊菲革涅亚过来？听着，阿伽门农，你没有别的选择，签字吧！”

“是啊，你一定要签！”其他人附和道。

在众人的催促和逼迫下，万般无奈的阿伽门农只好拿起笔，颤抖着在信的末尾签上了自己的名字。

信很快就被送走了，而这位最高统帅则拖着沉重的步伐回到了自己的帐篷，他低着头独自坐在靠椅上，痛苦的泪水汹涌而出。

“我都做了些什么啊！”他懊悔地大喊，“不，我不能让这样的事情发生！”他立即又给克吕泰涅斯特拉写了一封简短的信，信中写道：“千万不要送伊菲革涅亚来这里，婚礼取消了！”

接着，他叫来一名信得过的随从吩咐道：“立刻驾我的马车全速赶往迈锡尼，亲手把这封信交到王后手中。千万小心，绝不能让任何人知道是我安排你出行的。”

然而此时，担心哥哥改变主意的墨奈劳斯正在暗中监视着这里的一举一动。他一看见阿伽门农的马夫准备马车，就立刻提前埋伏在出城的必经之路上。不久，一辆马车飞驰而来，墨奈劳斯下马，挡在了前面。

“停车！”

随从无路可走，只得停了下来。

“把信给我！”墨奈劳斯命令道。

“我没有信。”随从战战兢兢地回答。

“那这是什么？”墨奈劳斯一把掀起随从的披风，夺走了他试图藏在腋窝下面的信。“马上给我离开这里！但别回军营，至少别现在回去；在外面晃悠几天，越长越好。等你感觉时间差不多了，就回来跟阿伽门农复命，随便说点什么搪塞他就行。或者你直接告诉他是我把信拿走了也可以，我没意见。”

两天后，墨奈劳斯最终决定单独去找阿伽门农谈话。

“我和你一样，都不忍心把伊菲革涅亚当祭品献给女神，”他说，“可是我们没有别的办法了。把你的信拿回去吧，我们现在应该好好想想，怎样才能封锁消息，不让伊菲革涅亚知道真相。”

“你竟敢监视我，还拦截了我的信！”看到事情败露，阿伽门农恼羞成怒，大声咆哮。

这下，墨奈劳斯再也忍不住了。

“你都已经在第一封信上签过名了，为什么又写第二封信？”他毫不客气地反问道，“你是不是想取消这次远征，让大家都回家？阿伽门农，既然我们决定要征战，牺牲就是在所难免的。为了我们家族的声誉，为了全体阿开亚人的荣誉，别说一条人命，就算是赔上几千个人的性命，那又有何妨呢？现在，所有的希望都寄托在你女儿的身上，你身为主帅，就应该以身作则，不要再做无谓的抗争了！如果你真要一意孤行，从此以后，我就当没有你这个哥哥，也不会像以前那样尊敬和爱戴你，更不会听命于你了。就按你希望的那样，把军队全都解散了吧。不过，如果你真这样做，你就会沦为全体阿开亚人的笑柄，这种耻辱将会伴随你的一生。你好好想想吧！我们原本可以狠狠地教训那些偷人妻子与钱财的小人，获得巨额的财富和无上的荣誉，可你居然要放弃这个让自己名利双收的大好机会！”

听完这番话，阿伽门农内心的坚持瞬间崩塌了。他泪流满面地抱住了墨奈劳斯，哽咽着说：“可这真是太可怕了！伊菲革涅亚是我的女儿，我爱她胜过一切啊！”

没过多久，这位不幸的公主就从迈锡尼赶来了，同她一起来的还有她的母亲和两个亲密的女伴。面对妻子的到来，阿伽门农有些措手不及，他暗自嘟囔：“不是说了让女儿一个人来吗？这下事情可麻烦了。”

伊菲革涅亚跑了过来，紧紧地抱住父亲。

“噢，我不幸的孩子啊！”阿伽门农根本无法控制住自己的情绪，两行热泪顺着脸颊流了下来，不该说的话也脱口而出。

“怎么了，父亲？我可是来结婚的啊，我好高兴啊！”

“你为什么这么说？”克吕泰涅斯特拉问道，“是不是发生什么事情了？你怎么像风中的树叶一样不停地颤抖啊？”

“不，不，什么事也没有，我只是太高兴了。看到她这么开心，我有点伤心，还有点害怕。”

“父亲，你怎么语无伦次的啊？”伊菲革涅亚问道。

“父亲怎么会因为女儿开心而害怕啊？你一定是疯了。”克吕泰涅斯特拉轻松地开着玩笑。

“是啊，我是高兴得要发疯了。这将会是一场什么样婚礼啊！啊，月亮女神，请你可怜可怜我吧！”

“母亲，父亲说的话我怎么听不懂呢？我总觉得不对劲儿。”

“阿伽门农，你一会儿说自己很高兴，一会儿又看起来痛苦不堪。你这个样子，别人还以为我们女儿要嫁给冥王哈迪斯呢！”

“不，她要嫁的是阿喀琉斯，我真的为此感到高兴啊。不过，在那个我们不知道的黑暗世界中，哈迪斯才是至高无上的君王啊。”

“母亲，父亲这个样子，我有点害怕。”

“没什么好害怕的，我的孩子，你的父亲只不过是太高兴了。不过，阿伽门农，你把话说清楚，这场婚礼和冥界又有什么关系？”

“我真的不知道，不要问我。可你为什么要来呢，我不是告诉过你不要来的吗？”

“结婚可是女儿一生中最重要的事了，难道你想让我置身事外？”

“别这么说。唉，好吧，没关系，既然你已经来了，我也没什么好说的。不过这里毕竟是军营，你不便久留。而且我会照顾好女儿的，一切都会按照神灵的旨意来操办，你就放心吧。”

“噢，父亲，请不要让母亲离开，我需要她的陪伴。”

“放心吧，孩子，我不会离开的。无论幸福还是悲痛，我都会一直守候在你身边。”

“既然你坚持要留下来，那就留下来吧，毕竟，这是我们女儿的婚礼，也是她一生中最开心的时刻。”阿伽门农话一说完，泪水便夺眶而出，但他不想让别人看到，立刻用手捂住脸颊，退回到帐篷里。然而，伊菲革涅亚和克吕泰涅斯特拉却看见了从他指尖滑落的眼泪。母女俩也抱在了一起，低声地啜泣着。

正当她们母女二人怀着沉重的心情站在那里时，一阵脚步声从背后传来。她们转过身，眼前是一位穿着闪亮盔甲的战士，他年轻俊美，如同神灵一般耀眼。

“抱歉，”战士轻声说道，“我没看到你们在这里。”说完，便要转身离开。

“请等一下，”克吕泰涅斯特拉叫住了他，“您不会就是——”

“打扰了，我是阿喀琉斯，珀琉斯和忒提斯的儿子。”这位年轻人有些尴尬地回答道。

“我是克吕泰涅斯特拉，阿伽门农的妻子。这是伊菲革涅亚——快过来，伊菲革涅亚！”

“很高兴认识您两位，但我还有任务在身，恕不能久留。”

“还请您留步。我想见见我女儿未来的夫婿而已，难道这有什么问题吗？”

“我很高兴主帅准备把自己的女儿嫁出去。您想在婚礼之前见见未来的夫婿无可厚非，可是我恐怕没有办法帮到你们。因为我对此事一无所知，也不知道谁会是那个幸运的人。”

阿喀琉斯的话就像洪水般压垮了伊菲革涅亚，她顿时两眼一黑，倒在了母亲身上，伤心的泪水浸湿了她可爱的脸蛋；而克吕泰涅斯特拉也像被闪电击中一般，呆若木鸡地站在那里。

“所以他们说要伊菲革涅亚来这里成婚，和……和您成婚，都是骗我们的？要她来这里并不是为了她好，是不是？那为什么要带她来这里？你们到底有什么阴谋？”

听到克吕泰涅斯特拉一连串的问题，阿喀琉斯也惊得目瞪口呆。过了一会儿，他才说：“真的很抱歉，可是我完全不明白您在说什么。”

伊菲革涅亚再也忍受不了了，她从母亲身边飞快地跑开了。她要把这一切都告诉同来的女伴，痛痛快快地哭一场，把心中的委屈统统发泄出来。

克吕泰涅斯特拉同情地看着阿喀琉斯，毕竟他也被这场阴谋牵扯了进来。不过，伊菲革涅亚才是最大的受害者。这是一场什么样的阴谋啊？她怎样才能知道真相呢？现在，她只能求助于她曾经的仆人了，而这个人现在是阿伽门农的随从。

“我要你把知道的一切都告诉我。”克吕泰涅斯特拉将他叫了过来，命令道。

“夫人，我只是一个卑微的仆人。虽然我曾经服侍过您，可现在阿伽门农才是我的主人。没有他的允许，我什么也不能说。”

“这么说，你什么都知道？”

“是的，我知道，全都知道。可我不敢说。”

“如果你认为说出真相会伤害到我，那就什么也别说了。如果不会，就请大胆地说出来吧。”

“夫人，您说得对。我想没有什么比我说出真相更能伤害您的了。不过，用不了多久，您、阿喀琉斯还有您那不幸的女儿就都会知道真相了。这里只有我和您，对吧？伊菲革涅亚不会听到吧？”

“你就大胆地说吧，不要害怕。”

于是，仆人就把这件事情的来龙去脉原原本本地告诉了克吕泰涅斯特拉。因为他就是那个替阿伽门农送信的人，对于这件事，没有人比他更清楚了。

“天啊，我怎么这么命苦啊！”听完仆人的陈述，克吕泰涅斯特拉立刻大叫起来，“我终于明白他为什么会语无伦次了。原来，一场可怕的谋杀已经开始了，而我就要失去我的宝贝女儿了！”

“不！”阿喀琉斯怒吼道，“我决不允许这样的事情发生！他们竟然背着我，以我的名义诱捕一名无辜的女孩！他们应该先经过我的同意啊。就让所有的战船都烂在奥利斯吧！就让帕里斯免于惩罚吧！我决不会让这场祭祀举行！”

忽然，他们背后传来伊菲革涅亚的声音。

“母亲，我害怕这是一场骗局，所以才来找您。我不是故意偷听你们的谈话的。不过您不用担心，父亲不是也反对这件事吗？我想他总会想办法救我的。”

“噢，我的女儿啊，我们真是太不幸了！走，我们现在就去恳求你父亲。我相信他还是很爱你的。”

“是啊，母亲。父亲和您一样疼爱我，他一定比您还难过。如果有可能，他一定会救我的。”

“如果？别忘了，他可是这里的最高统帅！”

“也许父亲是迫不得已呢？母亲。”

“那是因为他爱权力胜过爱你！”

“我不相信父亲是这样的人。”

“可怜的孩子，我比你更了解他。”

“我必须得走了，”仆人低声说，“我好像听见主人正向这边走来。不能让他看见我在这里。”

“我也不能再留在这里了。”阿喀琉斯说完，也迅速离开了。

看到阿伽门农渐渐走近，伊菲革涅亚放声大哭：“父亲啊！这是为什么啊，父亲？难道是我做了什么对不起阿开亚人的事情吗？”

“你在说什么啊？我怎么听不懂。你是不是预感到未来会发生什么不好的事情？”阿伽门农还在装糊涂。

“她什么都没有预见到，她只是知道了所有的阴谋。你要做的可怕的事情，我们全都知道了。”克吕泰涅斯特拉的胸腔里充满了愤怒。

“你在说什么啊？”

“父亲，你一定会救我的，对不对？你是让我来这儿结婚的，而不是送死的，对不对？”

“原来你们全都知道了！看来真的有人可怜我，把一切都告诉了你们。这么可怕的真相，我是真的说不出口啊！”

“现在该怎么办啊，父亲？”

“我的孩子啊，你以为我不伤心吗？”

“我现在只想知道你的决定，而不是你的心情！为了墨奈劳斯和他那个不忠的妻子，你是不是打算牺牲自己无辜的女儿还有妻子的幸福？告诉我，你是不是这么想的？本来我带着对女儿婚礼的美好憧憬而来，可现在你让我怎么有勇气一个人回迈锡尼？你远在他乡征战，我该怎么独自面对女儿空荡荡的房间？还有，你告诉我，我又该怎样向她的弟弟妹妹解释？难道应该告诉他们，伊菲革涅亚结婚了？可当他们发现我的枕头被泪水打湿的时候，我又该如何解释？我是不是应该告诉他们‘她是结婚了，可是却嫁给了冥河的渡神卡戎’？如果他们问我为什么会这样，我又该怎么解释？就算我不告诉他们是你杀死了伊菲革涅亚，可世上没有不透风的墙，他们总有一天会知道真相！到那时，即使你打了胜仗归来，可你有没有想过，孩子们还会认你这个父亲吗？退一万步说，就算他们真能战胜心中的恐惧迎接你，你还能像以往那样拥抱他们吗？这些你到底有没有想过？你肯定没有，你怎么会想！你只担心自己的统帅地位会不会被他人取代，你只害怕失去自己所拥有的荣耀！”

“请安静些，夫人！我的心已经够乱的了。”

“我知道你很爱她，”克吕泰涅斯特拉毫不理睬他的哀求，“如果不是这样，我也不会跟你说这么多了。我们都深爱着自己的孩子，但是我知道，你最喜爱的就是伊菲革涅亚。还记得你曾经抱着她说：‘你现在还是个小女孩，可是我已经等不及想为你挑选一位好夫婿，看你开心地出嫁了。’当时，我们的小伊菲革涅亚一边用手指玩弄着你的胡须，一边说：‘不要着急，爸爸。我们现在天天在一起，我真的很开心呀。等我长大了，要嫁人的时候，你也已经老了。到那时，我要把你接到我家，好好地侍奉你，报答你对我的养育之恩。’她的回答深深打动了你，让你热泪盈眶。你还记得吗？

“你常常对我说：‘等我老了，我希望伊菲革涅亚能守候在我身边，陪着我一直走到生命的尽头。’可现在，命运竟然和我们开了个天大的玩笑。你，还有其他的人，竟然要……要那样对待我们可怜的伊菲革涅亚！刚才，我并不是有意要对你发火，可是，你怎么就能同意了呢，还写了那样的一封信给我？你知不知道，收到你的信，我们一点都没有怀疑，我们满心欢喜，还以为这是爱神阿佛洛狄忒的旨意，为我们挑选了阿喀琉斯那么优秀的年轻人做女婿。

“当知道要嫁给阿喀琉斯时，我们那天真的女儿开心得跳了起来；当来到这里看见那位如神灵般英俊的年轻人时，她更是心动不已。可是现在，她竟然要被当作祭品献给阿尔忒弥斯！可怜的伊菲革涅亚啊，她还没有品尝过爱情的甜蜜和美妙，却注定要在最美好的青春年华里离开这个世界！而罪魁祸首竟然是你，她的父亲！她那么爱你，你却要她做出这样可怕的牺牲！一想到这些，我就无法平息心中的怒火。不过，我现在不想跟你争吵，我只想请求你：救救她吧，你是唯一能够救她的人！”

“我也不想这样！可我真的无能为力，这全是女神阿尔忒弥斯的旨意啊。最开始，我也并不想听命于她，竭尽全力阻止这件事情，结果全军将士都站出来指责我。他们都说我要放弃远征，让夺人妻子、劫人财富的无耻小人帕里斯逍遥法外。他们还逼迫我说：‘我们当初可是一起发过誓的，难道你想违背自己的誓言吗？’我真的是迫不得已才同意了这样的安排啊。这场战争的第一个受害者就是我啊。除了牺牲伊菲革涅亚，我已经别无选择了。你听，又有人在起哄闹事了。我都已经这样做了，可还是有人对我心存怀疑。我过去看看到底发生了什么，夫人，你要哭，就回到我帐篷里面哭吧。唉，而我，在大庭广众之下只能强忍悲伤，我连哭泣的权利都没有啊。”

话一说完，阿伽门农便急匆匆地向闹事的地方走去了。

“一切都结束了，母亲。”伊菲革涅亚深深地叹了一口气，“父亲现在什么都做不了，我的命运已经无法改变了。坚强点，母亲，让我们快乐地度过这最后的时光吧。”

“不，事情还没结束，应该还有转机。我们一起去找阿喀琉斯。”

“不用白费力气了，母亲。没有人能救得了我。你难道没听见那些人的喊叫声吗？”

“他们在叫什么啊？”

“他们要求用我的鲜血来祭祀神灵，阿喀琉斯也救不了我的。你看，他来了。”

“阿喀琉斯，告诉我，那些战士们都在喊叫些什么呀？”克吕泰涅斯特拉焦虑不已。

“他们要求立刻举行祭祀！”

“那他们的将领们又说了什么？”

“唉！一样的。”

“那就这样吧，立刻举行祭祀！越快越好！”伊菲革涅亚打断了他俩的对话，“生活是甜蜜的，死亡只不过是其中的一小块黑色阴影，每个人都终将死去，不是吗？”

可是，当她用痛苦不堪、近乎绝望的眼神注视着阿喀琉斯的时候，阿喀琉斯的心被刺痛了，他大叫道：“不，除非他们先处死我！”

“我不会让你死的。”伊菲革涅亚说道。

“女儿啊，你在说什么傻话？”她的母亲忍不住打断了她，“没有人敢向阿喀琉斯挑衅。”

“可是，他们已经这样做了。”年轻的英雄回答道。

“但你有密耳弥多涅人的支持啊，谁敢反抗你呢？”

“第一个反抗我的就是他们。”

“所以，只有你一个人是支持我们的？”

“没有人站在我这边。”

“女儿啊，一切都完了！”

不过阿喀琉斯依然没有放弃希望。

“不，事情还没有结束，”他说，“我是珀琉斯和忒提斯的儿子。谁要想伤害她，先过我这关。看看他们谁敢！”

“听我说，”伊菲革涅亚打断了他的话，“还有您，我的母亲，请听我说。有些话已经在我心里憋了很久，现在我不得不说了。这场祭祀一定要举行，这不仅仅是女神的旨意，也是全体将士的希望。阿开亚人必须征战特洛伊。阿喀琉斯，你也不能再意气用事了，你的心意我都明白。也许正因如此，你才没有意识到，让犯错的人受到惩罚才是最重要的。如果帕里斯抢走海伦只是对墨奈劳斯一个人的轻视，那也无足轻重。可事实是，帕里斯的行为侮辱了整个希腊，他一定不能逍遥法外。我们决不能对这种卑劣的行径视而不见，一定要让他受到应有的惩罚。不然，我们的尊严何在？所以，我愿意牺牲自己来祭奠女神阿

尔忒弥斯。希望祭司锋利的匕首割破我的喉咙时，流出的鲜血能平息女神心中的怒火，也好让她为你们送来盼望已久的大风。”

听完伊菲革涅亚的话，阿喀琉斯诧异地望着眼前这个女孩，心中充满了崇敬之情。在惊讶与钦佩之余，他竟找不出任何语言来反驳她。就在一瞬间，阿喀琉斯深深地爱上了伊菲革涅亚，可又注定将永远地失去她。

“你说得对，”他对她说，“正如你所说的，我被爱情蒙蔽了双眼。我本来根本无法接受这场祭祀，不过现在，我什么都明白了，我会很自豪地去面对它。在这短短的时间里，我爱上了勇敢的你，但很快又将失去你。”

伊菲革涅亚不能再留在这里了。她向母亲和阿喀琉斯依依惜别：“我要去找父亲了。因为我，船队已经耽误了太多时间。”

克吕泰涅斯特拉伤心欲绝，但她知道多说无用，便默默地退回到帐篷里。一直到祭祀结束，她都没有再出来。

黄昏渐渐降临时，那个忠诚的仆人跑了过来。

“夫人啊，”他大喊道，“真是无法想象，奇迹出现了！”

克吕泰涅斯特拉跑出了帐篷。这时，一阵大风迎面而来。

“如果真的发生了奇迹，”她自言自语道，“伊菲革涅亚应该第一个跑来告诉我。”

“您的女儿被女神带走了！”仆人气喘吁吁地说道，“真是不可思议，面对锋利的匕首，您的女儿微笑着把脖子伸了过去，在场所有的人都被她的勇气打动了。当祭司抬起胳膊、正准备割下去的时候，我们全都低下了头，不忍看到这悲惨的一幕。所有人都屏住呼吸等待着，那一刻，安静得连树叶落下的声音都听得一清二楚。突然，我们听见刀子掉在地上的声音，紧接着，就是一声大叫‘奇迹啊！奇迹啊！’我们马上抬起头，却发现祭坛上的女孩不见了。祭司的脚旁，一头濒死的小鹿取代了您的女儿。所有人都震惊了，呆立在那里。

“这时，卡尔卡斯跳上了祭坛，伸出双手大声宣布：‘伟大的阿伽门农，还有所有阿开亚将领们，听我说！女神不愿让这个无辜女孩死在她的祭坛上。她把伊菲革涅亚带去了遥远的托洛斯，让女孩当了她的祭司。女神的怒火已经平息了，你们看看周围，树上的叶子在沙沙作响，风儿正轻轻吹起呢。现在，我们终于能起航去特洛伊了。就让我们带着勇气和信心出发，迎接最后的胜利吧！’”

仆人的话讲完了，可是克吕泰涅斯特拉却不相信。她说：“故事很动人，可是，这只是在安慰我罢了。你所说的‘奇迹’太令人难以置信了。”

“可是所有人都看见了啊。看，阿伽门农来了，他会亲自告诉您的。”

“不要伤心了，夫人。我们的女儿现在陪伴在女神身边并且得到了永生。现在，我们的军队就要出发了。特洛伊一定会被攻下，城墙也一定会倾倒，你就等着庆祝我们凯旋吧！”

第五章

战争的前九年

出发前，阿开亚人在一棵位于泉水边的悬铃树下向奥林匹斯山上的神灵们供奉了最上等的公牛。突然，一条长满了红色斑点的蛇沿着悬铃树的树根爬到了最高的一根树枝上。那根树枝上有一个麻雀窝，窝里有八只小麻雀，而麻雀妈妈正在窝的上空盘旋着。只见那条蛇一口气吞掉了麻雀妈妈和八只小麻雀。就在它最后吞下麻雀妈妈的时候，这条蛇变成了一块石头。

先知卡尔卡斯站出来表示，这是宙斯暗示这场战争将要持续九年之久，特洛伊将会在第十年被攻陷。听到先知明确告知胜利属于他们的话，全军士兵都欢欣雀跃，可没人愿意相信这场战争竟要持续九年这么久。

祭祀结束后，全军登船。在传统的奠酒仪式结束后，船队就起航出发了。不过，船队并没有直奔特洛伊，而是先驶向得洛斯岛进行全军的补给。

得洛斯岛由阿波罗的儿子阿纽斯统治。阿纽斯有一个儿子，名叫安德鲁斯，统治着一个以安德鲁斯的名字命名的小岛。阿纽斯还有三个女儿，分别是斯珀耳墨、俄莱斯和俄诺。为了寻求酒神狄俄尼索斯的庇护，阿纽斯让这三个女儿全都做了他的祭司，狄俄尼索斯则赐予她们三人各一件奇特的礼物作为回报。因此，斯珀耳墨碰到的东西都会变成谷物；俄莱斯碰到的东西都会变成油；而俄诺则可以让一切事物都变成酒。

因此，阿伽门农首先率领船队赶往得洛斯岛就一点也不稀奇了。阿纽斯热情地欢迎了阿开亚将士们，他的三个女儿则好心地为他们提供了不计其数的给养。除此之外，因预言而出名的阿纽斯也和卡尔卡斯的预言一致：特洛伊将在第十年被攻陷。他甚至建议阿开亚人驻扎在得洛斯岛，等到第十年再去攻打特洛伊，这样便可免去长久的征战之苦。然而，这些久经沙场的将领们怎么会相信，他们要在得洛斯岛虚度九年的光阴之后才能攻陷特洛伊呢？所以，他们拒绝了阿纽斯的建议，决定即刻出发。

如今我们自然都知道，那些神谕并不合逻辑。然而，即使在遥远的古希腊，预言的真实性也会被听者怀疑。而在以前的故事传记中，像阿纽斯的预言被阿开亚人拒绝这样的情况也并非仅有一次。今天，我们早就不相信世间万物都是神灵赐予的，可这并不代表我们不喜欢讲述那些古人留给我们的、充满动人想象的神话故事。

阿开亚人在得洛斯岛得到了充足的食物补给，阿伽门农却还不满足。他宣称："如果这场战争真的是场持久战，我们的储备很快就会短缺。"考虑到这个原因，他命令墨奈劳斯和奥德修斯趁着月黑风高，偷偷把阿纽斯的三个女儿带上了船。

墨奈劳斯和奥德修斯听从了阿伽门农的命令，他们用镣铐把三个女孩绑到了船上。刚一出发，女孩们便挣脱镣铐，跳进了海里，逃往哥哥统治的安德鲁斯岛。阿伽门农知道后便威胁安德鲁斯交出三个妹妹。

安德鲁斯并不想屈服于阿伽门农，可他的三个妹妹决定牺牲自己保全哥哥。不过，当她们再次回到战船之后，就向酒神狄俄尼索斯祈求帮助。狄俄尼索斯把三个女孩变成了鸽子，让她们飞回到父亲的身边。从那以后，就再也没有人伤害得洛斯岛上的鸽子了。

阿开亚人的第二站是仙女克律塞的奈阿岛。这座位于莱姆诺斯岛附近的小岛，如今已经不存在了。

岛上的女王克律塞和她的船队统治着特洛伊附近的海域以及赫勒斯庞特海峡，阿开亚全体船队在此停留以祭祀小岛的守护神雅典娜。他们希望可以赢得女神的青睐，从而顺利抵达特洛伊。然而，还没等祭祀举行，一场严重的意外就发生了。就在人们清扫位于矮树丛中的祭坛时，一条蛇爬出来咬伤了菲洛克忒忒斯的腿。被毒蛇咬过的伤口立刻肿了起来，渐渐开始发黑。因为疼痛，菲洛克忒忒斯不停地呻吟。不一会儿，空气中就充斥着因为伤口化脓而散发出来的恶臭。没多久，这位从赫拉克勒斯那里继承了弓箭的神射手的病情越发严重了，军队也越发难以忍受他的呻吟和伤口的恶臭。

于是，心情沉重的阿开亚人不得不在菲洛克忒忒斯睡着以后，悄悄地把他抬到了莱姆诺斯岛上一个荒无人烟的海滩上。在给他留下他的弓箭和充足的粮食之后，其余的阿开亚人就起程前往特洛伊了。这些阿开亚人想，也许在神的帮助下，他的伤口会愈合的。

其实这个菲洛克忒忒斯并非常人，因为他从赫拉克勒斯那里继承来的箭曾经浸泡在九头蛇海德拉的鲜血中，剧毒无比。总有一天，阿开亚人会迫切需要菲洛克忒忒斯的帮助。那时，他们会深深后悔当初把他一个人丢在莱姆诺斯岛，还会派船来迎接这位大英雄。不过那都是九年之后的事情了。

莱姆诺斯离特洛伊不远，阿开亚人很快就能到达目的地了。然而，等他们靠近之后才发现，还必须首先征服特洛伊附近的一个小岛——特奈多斯。

岛上的国王忒涅斯是普里阿摩斯的密友。他力大无比，试图凭借自己的力量阻止船队登陆。正当他举起一块巨大的岩石向船队砸去时，阿喀琉斯跳到浅水区用标枪刺穿了他的胸膛，杀死了他。

忒提斯曾经警告过儿子，千万不要误杀阿波罗的儿子，否则愤怒的阿波罗绝不会善罢甘休。可命运如此捉弄人，忒涅斯正是阿波罗的儿子。不过，等阿喀琉斯意识到这一点时，已经太晚了。

杀死忒涅斯后，阿开亚人占领了这座小岛并在海边搭起了帐篷。而与他们隔海相望的就是那座被城墙包围着的特洛伊城。

希腊将领们决定派代表去和普里阿摩斯谈判，看看能否用战争以外的方法解决这场争端。

墨奈劳斯、帕拉墨德斯和奥德修斯作为代表来到了特洛伊。普里阿摩斯的参议——睿智的安忒诺耳接待了他们。在设宴款待了三位代表之后，安忒诺耳便和他的十二个儿子把墨奈劳斯一行人带到了王宫。在那里等待着的是普里阿摩斯和他所有的儿子以及众多特洛伊人。

墨奈劳斯首先发言。他讲述了自己是如何欢迎帕里斯的到来，而狡猾的帕里斯又是如何回报他的热情好客的。他只要求帕里斯能归还窃取的财富和海伦，

这样阿开亚人便会离开，保证不侵犯特洛伊。

“那么，赫西俄涅呢？”普里阿摩斯反问道，“你们有什么权力一直把我妹妹扣押在萨拉弥斯？明明是你们先行不仁，怎么现在又过来指责我们不义？”

“我们发誓没做过任何不公正的事情，”帕拉墨德斯回答说，“忒拉蒙和赫拉克勒斯在赫西俄涅危难之际解救了她。她自愿跟随忒拉蒙并成为他的妻子，这就是事情的真相。”

接着，轮到奥德修斯发言了。聪明而善于打动人心的他强调了和平的弥足珍贵，以及战争的可怕后果。他还总结道：“和平是光明和生命，它就像面包和盐一样，是我们生存的必需品。和平是爱与创造力；而战争则象征着毁灭和绝望，它就像能吞噬一切的大火和带来死亡的黑暗一样可怕。只有那些贪婪无耻的人才会喜欢战争！”

奥德修斯睿智的发言给在场的所有人留下了深刻的印象。不过，有一个人听后很不高兴，他就是帕里斯。

“我绝对不会把美丽的海伦交出去的，她是女神赐予我以及全体特洛伊人的礼物。”

帕里斯的许多兄弟也跟着叫嚷道：“我们不会把海伦还给你们的！”

“听着，”安忒诺耳说道，“如果我们不把海伦和抢夺的财宝交给他们，这无疑是给他们提供了一个开战的理由。到那时，整个特洛伊城就会被攻陷，成为一座废墟。帕里斯已经犯了严重的错误，但这并不意味着我们也要跟着失去理智，一起被卷入这场可怕而愚蠢的战争啊！”

安忒诺耳的言论换来的只有帕里斯和他的兄弟们的不屑。其中一个叫赫勒诺斯的王子站了出来。

“要我说，什么都不要给他们，”他宣称，“为什么要遭受这样的侮辱？我们才会是这场战争的胜利者，而且一定是压倒性的胜利。等我们摧毁他们的军队，他们的城堡就会归我们所有，特洛伊也会变得更加强大。”

多么轻率而无知的想法啊！不过，这并不是他的错。赫勒诺斯本来和妹妹卡珊德拉一样，也是一位预言者，但是，当女神赫拉把那些话强加给他之后，他的预言便不再准确了。特洛伊注定难逃覆灭，所以最后，大家全都站到了狂妄的赫勒诺斯这边，根本没有人肯听从安忒诺耳的忠告。好像这样的安排还不足以发起战争，一个名叫代福波斯的王子更是站出来大叫道："杀了那些使者！"他拔出宝剑，想带领众兄弟把这三位希腊使者杀死。

"除非你们先把我杀了，"安忒诺耳怒吼道，"两军交战，不斩来使。要是我们连这样的原则都踩在脚下，那我们一定会受到惩罚！"他站到三位使者面前，拦住激动的王子们，他的十二个儿子紧随其后。

"看在神灵的分上，住手吧！"普里阿摩斯喝退了自己的儿子们，赫克托耳则在旁边帮助父亲。

"退后！快！"他大喊道，"神灵们也会让我们这样做的！"

安忒诺耳则立刻将三位使者带回他们的船边。这位睿智的特洛伊长老伸出手来，说："我为你们辩护是因为你们才是公正的，然而我没能说服任何人。现在，落到我身上的职责便是保卫家园了，就算是付出生命的代价我也在所不惜。"

三位使者与他亲切地握手辞行。当他们回到船上时，帕拉墨德斯回头看了一眼安忒诺耳。

"这位富有正义感和责任感的参议值得我们所有人尊敬。像他这样的人战死沙场实在太可惜了。"

当他们返回到特奈多斯岛，把在特洛伊发生的一切讲述给全体将士们后，所有人都愤怒不已，恨不得立刻报仇雪恨。于是，他们马上投入战争的准备工作中。

与此同时，奥德修斯却与阿喀琉斯闹翻了。奥德修斯认为应该采取必要的计谋智取特洛伊；后者却觉得武力才是最好的解决办法。两人越吵越激烈，最后竟然打了起来。人们不得不跑来把他们拉开。

不过，有一个人志得意满地注视着这一切，这个人就是阿伽门农。因为他记得曾有神谕指示，特洛伊会在阿开亚的两位将领发生争斗后被攻克。在这两位英雄争吵得不可开交之时，阿伽门农片刻也不敢耽搁，他命令全体将士即刻登船，向特洛伊发起进攻，打算一举攻克特洛伊。

他迫切求胜的心情最终却是徒劳。他做梦也想不到，神谕指的其实是九年后他与阿喀琉斯的决裂，这场决裂不仅比现在的争吵严重得多，同时也将给阿开亚人带来深重的灾难。

当船队抵达岸边的时候，特洛伊人早已在那里等候多时了。

作为特洛伊人的统帅，赫克托耳站在队伍最前面，异常显眼。他身着一套闪亮的盔甲，头盔上还装饰着彩色羽毛。阿伽门农命令士兵们即刻登陆，但是，有一则预言使得无人敢踏出这关键性的一步。女神忒提斯曾提醒过阿喀琉斯，千万不要第一个冲上特洛伊的海滩，因为最先踏上特洛伊土地的那个人，也将成为第一个阵亡的阿开亚人。整个军队的人都知道这一点，所以每个人都犹豫不前。

不过，伊菲克洛斯的儿子普罗忒西劳斯愿意第一个冲上去。为了消灭敌人，为阿开亚赢得荣誉，他愿意以自己的生命作为代价。就在这时，他突然想起了他可爱的新婚妻子劳达墨亚。新婚第二天，他就奔赴了战场。临行前，劳达墨亚还紧紧抱住他，试图阻止他离开。接着，他又想起了自己的家，那座位于夫拉凯的宫殿才刚刚建了一半。最后，他想到了父亲伊菲克洛斯。由于儿子们全都随军来攻打特洛伊，所以家中就只剩下老国王一人了。正当普罗忒西劳斯还沉浸在回忆中时，有人却率先跳下了船。

这个人正是奥德修斯，他先把自己的盾牌扔在沙滩上，然后跳上盾牌，呼喊阿开亚人登陆。措手不及的普罗忒西劳斯还没反应过来，就立刻紧随其后跳下了船，与特洛伊人展开了激烈的战斗。为了保护这位来自伊萨卡的英雄，他奋力拼杀，因为普罗忒西劳斯知道最先上岸的人将必死无疑。不计其

数的特洛伊人死在了他的手下。他就像一头发怒的雄狮，疯狂地渴望与敌人一较高下。

最终，勇猛的他冲到了赫克托耳面前，却忘记了自己远不是他的对手，赫克托耳那杆重矛正中他的胸膛。就这样，普罗忒西劳斯成了第一位战死在特洛伊的阿开亚英雄，正如神谕所述。狡猾的奥德修斯虽然第一个跳下了船，可是一直站在自己的盾牌上，直到普罗忒西劳斯冲下船成为第一个踏上特洛伊土地的人。也正是在普罗忒西劳斯热爱生活和追求名誉的精神感召下，其他阿开亚人才得以安心地冲锋陷阵。

之后，阿耳吉维人[①]就像巨浪一样涌上了特洛伊的海岸；特洛伊人也顽强抵抗，双方均有不少死伤。随后，阿喀琉斯加入了战斗，库克诺斯英勇无畏地与之交锋。身为海神波塞冬的儿子，库克诺斯拥有刀枪不入的强壮身躯。此前，他已经杀死了不少阿开亚人。特洛伊人都相信，只有他才能钳制住忒提斯的儿子。

面对阿喀琉斯，库克诺斯将自己尖锐的长矛掷了过去，可阿喀琉斯用他那坚硬的盾牌挡退了迎面而来的长矛，接着向库克诺斯投掷出致命一枪。然而，接下来发生的事情让阿喀琉斯目瞪口呆：他的长矛竟然转了一个弯，落在了库克诺斯身旁！

阿喀琉斯又拿着宝剑扑了上去，但他很快就意识到，这也不能伤害到他眼前的这个特洛伊人。他愤怒地把手中的兵刃扔到一边，赤手空拳地跑到库克诺斯面前与之展开殊死较量。然而这次，库克诺斯拼尽全力也没能挣脱强悍有力的阿喀琉斯。

被阿喀琉斯紧紧掐住脖子的库克诺斯终于意识到，他的末日就要来临了。临死前，他恳求父亲不要让阿喀琉斯剥去他的盔甲。波塞冬听到后，便把他变

① 阿耳吉维战队（即阿开亚人或鲁基亚人或达奈人）的主要勇士有：塞奈洛斯、图丢斯之子狄俄墨得斯、忒拉蒙之子埃阿斯等。——编者注

成了一只美丽的天鹅。转眼间，这只天鹅就飞上了天空。尽管失去了儿子，波塞冬却并未因此而记恨阿开亚人。毕竟早先拉俄墨冬曾经冒犯过他，只有特洛伊的覆灭才能安抚他对这座城市的仇恨。

这场交锋胜利之后，阿喀琉斯继续冲锋陷阵，其他将领也紧随其后，他们身后大批上岸的阿开亚人向特洛伊人展开了全面进攻。阿开亚人势如破竹，给特洛伊人带来了不少压力。不过，誓死捍卫自己家园的特洛伊人并没有因此而退缩，甚至以自己的生命为代价也在所不惜。

此时，赫克托耳意识到，在这样压倒性的冲锋面前，顽强抵抗已经不可能了。为了免遭更大的伤害，他命令全军撤退。在他的指挥下，特洛伊人快速有序地撤回到城里，关上了厚重的城门。同时，赫克托耳命令一部分弓箭手在城楼上严阵以待，使得敌人不敢轻易靠近。第一场战斗就这样结束了。尽管特洛伊并没有像阿伽门农期望的那样被立刻攻取，但对阿耳吉维人来说，能够在特洛伊的土地上安营扎寨，已经是个了不起的胜利了。战斗结束后，阿开亚人大度地让特洛伊人抬走了阵亡将士的尸体，以好生安葬。

阿开亚人也用最隆重的仪式为普罗忒西劳斯举行了葬礼。他们举行了各种竞赛活动来纪念他的英勇无畏，而这位英雄则被埋葬在了位于赫勒斯庞特海峡旁的色雷斯半岛上。森林中的仙女们很快在他的坟墓旁种满了绿色的榆树。这些小树一天比一天高，可是每当它们长得高出周围的树木，可以与海峡对面的特洛伊城遥遥相望时，就会枯萎而死。之后，它们又会再次生根发芽，重新生长。因此，诗人们都说，这位不幸的英雄不忍看见给他带来伤痛的特洛伊城，以免触景伤情，想到深爱的劳达墨亚和久别的故乡。

不过，劳达墨亚也不比她的丈夫长命。饱受分离之苦的劳达墨亚按照丈夫的模样做了一个蜡人，每天睹物思人。她的父亲知道后，不但对女儿没有半点同情之心，反而把蜡人扔到火里。看着蜡人一点点地融化在火光中，劳达墨亚知道，普罗忒西劳斯再也不会回来了。难以忍受相思之苦的劳达墨亚失去了理智，纵身跳进火里，同那个蜡人一起化为灰烬。有人说，就在劳达墨亚跳进火中的一瞬间，她的丈夫普罗忒西劳斯也倒在了特洛伊的战场上。

第二天，阿开亚人把战船拖上岸后，便安营扎寨了。在军营的正中间，有一个平坦的小土丘，上面便是统帅阿伽门农的帐篷。站在土丘上，整个军营一览无余。为了加强军营两侧的防守，阿喀琉斯和大埃阿斯分别驻扎在军营的左右两翼。奥德修斯则把他的帐篷搭在阿伽门农的附近，他可不想错过军队中任何一次会议和讨论，这样他的发言也会被大家听到。

一切都安顿好之后，阿伽门农便召集所有将领共商战事。

“之所以把你们都叫过来，”他说，“是因为我建议速战速决，一举拿下特洛伊。敌人现在正处于休整状态，趁着援军还没来，我们有必要迅速行动！”

阿开亚人再一次袭击了特洛伊，却并无收获。接着，他们又发动了第三次、第四次进攻，依然是无功而返。神灵修建的城墙可谓无懈可击。特洛伊的弓箭手们站在城垛后面，一个接一个地瞄准想要入侵的阿开亚人；而阿开亚将士们的箭通常都白白地射到了城墙上。

最后，希腊人终于意识到，要想攻克特洛伊，正面进攻是行不通的。他们随即改变策略，决定围攻城堡，把特洛伊人拖垮在城墙内。可是没过多久，他们就发现这一招也不起作用。因为依山傍水的特洛伊根本不乏供给，倒是阿开亚人自己的粮食储备日渐紧张。

希腊人只剩下唯一的路了：偷袭邻近以及远处的城堡。事实上，他们也是这样做的。可是这样一来就削弱了军队的力量，毕竟总有一部分人马在别处劫掠粮草以补充供给。因此想要速战速决是不可能了，这场战争必将旷日持久。越来越多的阿开亚人想起了那条曾经被他们忽视的预言——特洛伊城只有在第十年才会被攻克。

与此同时，特洛伊人还知道另一则预言。预言说，如果特洛伊罗斯能长到二十岁，特洛伊城就永远都不会被攻陷了。特洛伊罗斯是普里阿摩斯最小的儿子，今年刚满十五岁。据说等他长到二十岁，他就能成为像赫克托耳一样在战场上所向披靡的将领，更有人认为他将超过哥哥赫克托耳。到那时，特洛伊人就再也没什么好害怕的了。

的确，特洛伊罗斯精通马术，而且每日勤恳地练习武艺。对于这样一位前途大好的王子，特洛伊人本应该好好地保护，直到他长大成人。可人们对他的过分崇敬成了纵容，他常常爬上城墙射杀敌人，更糟糕的是，他还经常跑到城外阿波罗神庙旁的泉水边饮马。

一直以来，希腊人都在策划如何杀死小王子。他们恰好了解到，每隔一段时间，特洛伊罗斯就会一个人骑马离开特洛伊，去阿波罗神庙旁的泉水边玩耍。不过，那里可是神圣不可侵犯的。其他特洛伊人也常会去那里打水，不过碍于神灵的威严，阿开亚人从来不敢骚扰他们。要是亵渎神庙，激怒了阿波罗，他们的小命可就不保了。尽管如此，阿喀琉斯还是决定亲自出马，趁机杀死特洛伊罗斯。

“我会在他去神庙的路上伏击他，”他说，“这样就不用担心会亵渎神灵了。要知道，只要特洛伊罗斯活着，我们就无法攻破特洛伊，就不断会有将士血洒疆场。”

从阿喀琉斯做决定的那一刻起，特洛伊罗斯英年早逝的命运就被谱写好了。这天，特洛伊罗斯跟随姐姐波吕克塞娜出城去泉边取水，阿喀琉斯突然杀了出来。一看到是阿喀琉斯，特洛伊罗斯立刻骑马飞速逃离；而波吕克塞娜则被吓坏了，手中的水罐掉在地上，惊恐得一动不动。

“多美啊！”阿喀琉斯喃喃道，波吕克塞娜美丽绝伦的身姿令他停住了脚步，几乎忘记了他此行的目的。不过，他很快就回过神来继续追赶小王子。

看起来，珀琉斯的儿子似乎永远都追不上前面的特洛伊罗斯。毕竟，没有人能跑得过一匹全速奔跑的骏马。但阿喀琉斯一直健步如飞，穷追不舍，二人不相上下。特洛伊罗斯始终无法摆脱他，更无法掉头返回特洛伊城。特洛伊罗斯唯一的希望就是阿喀琉斯能放慢脚步，可没想到，首先慢下来的却是他身下的马。

特洛伊必将覆灭。但小王子并没有绝望，因为他快到阿波罗的神庙了。如果他能赶到那里，阿喀琉斯就不敢杀他。现在圣坛就在眼前，只要一个冲刺，他就可以得救了。可就在这时，过于紧张的他从马上跌了下来。阿喀琉斯的长矛随即将他击中。特洛伊罗斯倒在了圣坛边，鲜血染红了整个圣坛。

返回特洛伊的只有特洛伊罗斯的马，人们立刻就知道发生了什么。他的三个哥哥把特洛伊罗斯的尸体带回城中，全城人民因此而痛哭失声，好像死去的是他们的统帅赫克托耳。

特洛伊人并没有因此而放弃希望，他们知道，还有很多神灵支持着他们，而玷污阿波罗祭坛的阿喀琉斯一定会得到相应的惩罚。的确，阿喀琉斯这次真的惹怒了阿波罗，而且这已经不是第一次了。渐渐地，原本还是特洛伊敌人的阿波罗反而变成了特洛伊人民最强大的朋友。毕竟在这场战争中，不仅是凡人交战，还有一群比人类更加固执的神灵也参与了进来。

事实上，如果没有神灵们一手策划，这场战争也根本不会爆发。如果不是他们从中作梗，特洛伊早已恢复了往昔的和平。正是这些神灵，尤其是那三位残酷无情的命运女神，决定了尘世间人们的命运。凡人的一举一动都在他们的掌控之中，他们决定着人们的喜怒哀乐以及人生百态。至少在古希腊，人们是这样认为的。

特洛伊罗斯并非唯一被阿喀琉斯杀死的特洛伊王子。另一位名叫吕卡翁的王子就曾在树林里用无花果树干做车轮时，被阿喀琉斯突袭。毫无准备的王子跪了下来，恳求阿喀琉斯能饶他一命。

“只要饶了我，我父亲会给你所有你想要的金子。”他向阿喀琉斯承诺道。

“我可以饶你不死，不过，别再出现在我面前，”阿喀琉斯回答说，“至于你父王的金子，就让他先留着吧。总有一天，他将一无所有！”

带走吕卡翁之后，阿喀琉斯把他交给帕特罗克洛斯，卖给了莱姆诺斯的国王欧纽斯为奴。对了，顺便提一下，这位国王就是伊阿宋与许普西皮勒[1]的儿子。然而没过多久，吕卡翁就设法回到了特洛伊。

阿喀琉斯得知这个消息后，为自己当初没杀死他而大发雷霆。他发誓说："再见到他，我绝对不会让他逃脱！"

随着时间的流逝，阿开亚人的粮草供给越来越紧张。通过搜捕邻近的城邦进行补给，已经成为他们最重要的军事任务。爱琴海沿岸的亚洲城市以及色雷斯半岛上大大小小的城邦都成了他们侵略的目标。阿喀琉斯一人就攻击并洗劫了 23 座城堡。当然，这些战斗都是非正义的，在当时却被视作战争的一部分。他们看重的并不是我们所推崇的英雄气概和自我牺牲的品质，而是出征的将领是否能带回丰盛的战利品，诸如家畜、粮食以及年轻的女奴等，满载而归的人会获得大家的称赞。

在一次袭击行动中，阿喀琉斯遭到墨内尼亚人民的顽强抵抗。他围攻了几个星期，但墨内尼亚高耸的城墙挡住了他的进攻。正当他决定撤军的时候，一个女孩从城堡上扔下了一个苹果。阿喀琉斯捡起苹果，发现上面刻着："不要离开，该城将因缺水而投降。"于是，阿喀琉斯继续围攻。两天之后，墨内尼亚人真的打开城门投降了。当他走进城里，那个向他扔苹果的女孩佩达斯跑到他的身边。阿喀琉斯问她为什么要偷偷地帮忙。

"因为我仰慕你啊，"女孩回答说，"当我在城堡上看见你的时候，就爱上了你，我希望能够帮到你。"佩达斯希望阿喀琉斯会欣赏自己，娶自己为妻。

可这位伟大的英雄永远也不会接受一个背叛自己祖国的女人，即便她的确帮助过他。但他也不希望她的名字被人遗忘，所以，他将这座城市更名为"佩达索斯"，以感谢佩达斯的帮助。

① 楞诺斯岛女王。——编者注

在另一场围城战中，相似的故事也在上演，只是与其他的女孩相比，佩达斯就显得幸运多了。

阿喀琉斯率领密耳弥多涅人围攻位于莱斯波斯岛的密苏那城时，再次遇上了难以攻克的对手。但当国王的女儿裴希蒂斯从城墙上看到阿喀琉斯时，就立刻爱上了他。她立刻派身边的老女仆向阿喀琉斯允诺，只要他娶她为妻，她就答应帮助他。阿喀琉斯接受了她的条件。然后裴希蒂斯偷偷地打开了一扇城门，把阿喀琉斯及士兵们引进了城。

这座城久攻不下，密耳弥多涅人心中充满了愤恨。一进城，他们就开始了残忍的杀戮和劫掠。然而面对种种惨状，裴希蒂斯丝毫不为所动，她直接把阿喀琉斯带进了王宫。在宫殿里，这位无情的公主冷漠地目睹自己的父王和家人接连被害。屠杀结束后，她还跑去找阿喀琉斯兑现承诺，可结果令她大失所望。阿喀琉斯十分鄙夷她的做法，命令士兵们用石头活活把这个冷血的女人砸死了，这可是军队里最严厉的刑法了。

不过，对特洛伊战争影响最大的一次偷袭发生在特洛伊东南方的忒拜城。忒拜城的国王欧提昂正是赫克托耳的岳父。他率领着自己的七个儿子英勇抵抗阿喀琉斯的军队，与敌人展开了殊死搏斗。结果欧提昂和他的七个儿子全都战死沙场。不过，阿喀琉斯十分尊敬这位老国王，他埋葬了这位英雄所有的盔甲，在他的坟墓上加高土堆以示尊重。

阿喀琉斯从忒拜城里俘获了很多珍贵的战利品，还有不少女奴，其中就有美丽的克律塞伊斯，她的父亲克律塞斯是阿波罗的祭司。

离开忒拜城之后，阿喀琉斯又来到了伊达山。普里阿摩斯的另一个儿子墨斯托耳在这里看管着父亲的牧人。山的另一边，则住着普里阿摩斯的堂兄，达耳达诺斯国王安基塞斯，帮他管理牧人的是他和阿佛洛狄忒的儿子埃涅阿斯。

阿喀琉斯首先碰到的是普里阿摩斯的牧群，他不仅杀死了墨斯托耳，还杀光了所有牲畜；然后他又翻过山顶，把安基塞斯的牧人和牧群全都杀死了。

在这场袭击之中，只有埃涅阿斯逃了出来，跑到了附近的鲁耳奈索斯城避难。这座城的国王迈涅斯是普里阿摩斯的朋友，也是特洛伊的盟友。他们与阿喀琉斯展开了如火如荼的激战，可最终还是没能抵挡住阿喀琉斯及密耳弥多涅人的横扫围攻。迈涅斯和他的兄弟以及三个儿子最后都未能逃脱死亡的命运。要不是阿佛洛狄忒及时出现，救走了儿子，也许埃涅阿斯也会像他们一样战死在鲁尔奈索斯。

就像当初洗劫忒拜城一样，阿喀琉斯率领将士带走了不计其数的战利品，更重要的是，他们还掳走了美丽的王后——布里塞伊斯，她是狄俄尼索斯的祭司布里修斯的女儿。

阿喀琉斯满载而归，密耳弥多涅人装载着无数牲畜和丰富的战利品回到军营。他们还带来了不少从忒拜城和鲁尔奈索斯城抢夺来的漂亮女奴。

作为奖赏，阿喀琉斯得到了美丽高贵的布里塞伊斯；而全军的最高统帅阿伽门农则得到了克律塞斯的漂亮女儿。因为只有克律塞伊斯的容貌和身份才配得上阿伽门农的财富和地位。

与此同时，从鲁尔奈索斯逃出来的埃涅阿斯恳求父王，让他率领达耳达诺斯军队去和赫克托耳并肩作战，安基塞斯同意了他的请求。

“去吧，我的孩子，”他对埃涅阿斯说，“特洛伊被征伐，我们的国家也难逃一战。况且，保卫特洛伊也是我们的职责啊。特洛伊人和我们达耳达诺斯人亲如一家，向来都是患难与共。无论发生什么，我们都是统一战线。”

许多外族人也赶来加入特洛伊盟军，其中还有不少是从亚洲赶来的外国援兵。这些人之所以千里迢迢赶来帮助特洛伊，不过是希望笼络强大而富有的特洛伊城，增进两国之间的友谊罢了。这其中就有由宙斯的儿子萨尔珀冬率领的出色的鲁基亚人。除此之外，还有很多欧洲盟友赶来支援：色雷斯人、慕科尼亚人以及来自遥远的阿克西俄斯河的派俄尼亚人。荷马曾称阿克西俄斯河为“宽阔的大河，世界上最美丽的河流”。

现在，特洛伊在强大盟军的支持下，军力大增。而城外的阿开亚人也做好了持久战的准备。两支军队都丝毫没有退让的意思。时光如白驹过隙，看起来这场战争永远都不会结束了。渐渐地，达奈人获胜的信心开始动摇了。

“这场战争什么时候才能结束啊？”很多人问道。

“我们再也回不了家了！”有人回答说。

“我们的将领从来只关心他们自己！”有士兵这样说。

“而且战利品全都归他们，我们什么都没有！”

“是啊，时间过去这么久，连一点儿获胜的希望都没有！”有的人抱怨道。

战士们的愤怒和怨恨与日俱增。终于有一天，一大群士兵聚集在阿伽门农的帐篷前，怒喊着要立刻返回希腊。

阿伽门农再次向他们保证会凯旋，这时，善辩的奥德修斯发声了。

“行百里者半九十，既然我们已经发动了这场战争，就一定要坚持到胜利。很快就要进入第十个年头了，所有的迹象都表明，我们马上就可以攻陷特洛伊了。我们要耐心地等待时机的到来。请大家再多些耐心吧，我们要带着丰盛的战利品载誉而归，而不是两手空空地夹着尾巴回家啊。”

听了他的话，不少人摇着头表示怀疑。可是，除了耐心等待，他们还能做什么呢？他们似乎别无选择了。

幸好，来自欧波亚的瑙玻里俄斯之子帕拉墨德斯巧妙地缓解了军中的紧张气氛。当初，揭穿奥德修斯装疯骗局的就是这个年轻人。

这个聪明而富有创造力的年轻人提出，军中一切供需均按等级分配。只要将士们能按时按等级地拿到属于自己的物资，就没有人会抱怨受到不公正待遇了。而且，他还让士兵们学习识字和算术，把军中发生的重要事务记下来，形成了一个良好的工作体系。他还通过排班制解决岗哨和巡逻兵安排不公的问题。保护阿开亚人船只的海上灯塔也是由帕拉墨德斯发明的，这样外出执行任务的阿开亚人就能安全地返回营地。他甚至还考虑到了士兵们的娱乐生活，设计了各种各样的小游戏帮助他们愉快地度过闲暇时间。

事实上，如果你参观过雅典的考古博物馆，就会发现，有些骰子上还画着帕拉墨德斯的头像。这位聪明的英雄想出了很多好点子，据说帕拉墨德斯是当时最受士兵喜爱的阿开亚将领。

可没过多久，军中的粮食供应再度紧缺。由于阿喀琉斯远征未归，阿伽门农命令奥德修斯前去色雷斯寻找粮草。可是，奥德修斯只是一脸绝望地空手而归。

“连一袋米都没有吗？”帕拉墨德斯惊讶地问道。

“少说风凉话了，你为什么不出去找找呢？我倒要看看你能带回来什么！”

“好啊，我会去的！”

帕拉墨德斯出发了。几天后再回到营地时，他的船上堆满了粮食、酒、油，以及成群的牛和羊。奥德修斯的自尊心受到了严重打击，可是最不愿看到帕拉墨德斯满载而归的是阿伽门农。

阿伽门农一直将帕拉墨德斯视为潜在的对手，担心他会被推举为新的统帅。军中也不断有议论传到阿伽门农耳朵里，要是换成帕拉墨德斯做统帅，阿开亚人也许早就可以攻陷特洛伊城了。随着帕拉墨德斯又一次解决了军备危机，阿伽门农不仅仅是嫉妒，更害怕自己的地位将被取代了。

阿伽门农曾经不止一次地对他的心腹说，他很害怕帕拉墨德斯总有一天会成为阿开亚人的新统帅。

“等到那时，我们所有人都得对他俯首称臣！”他警告道。

没多久，阿开亚军营里就突然传出了一个令人震惊的消息。

“帕拉墨德斯是个叛徒！”

这样的指控当然是诬陷的，但这个天才的英雄因此而送了命。多么可耻的阴谋啊！

一天深夜，趁帕拉墨德斯外出的时候，有人潜入了他的帐篷，埋下了一大堆金子。之后又写了一封信，内容是：“帕拉墨德斯，这些金子是你为我们提供

情报的回报——普里阿摩斯。”

之后，一个巡逻的哨兵对一个弗鲁基亚的战俘说：“只要你把这封信带给你们国王，我就饶你不死。”可是，正当这个弗鲁基亚人刚要出发完成任务时，他就被伏击了。他们杀死了他，并把在他身上找到的那封信交给了阿伽门农。这个邪恶的计划就这样开始了。

阿伽门农当着所有将领的面大声宣读了信的内容。

“这不可能！”立刻就有人表示反对。

“这真是令人难以置信！”另一个人附议道。

“我们必须去他的帐篷一探究竟。”第三个人说道。

一行人来到了帕拉墨德斯的帐篷里，却发现了那堆事先埋好的金子。这简直匪夷所思，证据却摆在面前。这位英雄被送上了军事法庭，被指控叛国罪。

“说！老实交代你的罪行！”

“我是清白的。”

“那你怎么解释普里阿摩斯写给你的那封信？”

“我不知道。”

“你帐篷里的金子又是怎么回事？”

“我不知道。”

“你是个叛徒！”

“我是清白的！”

“杀了这个叛徒！”

“杀了他！”

就这样，帕拉墨德斯被处以极刑——用石头砸死，这是最可怕、最耻辱的死法。原本只有叛国者才会被处以该刑，可他们将这样的刑罚强加到这位英雄身上。

临死之前，帕拉墨德斯拼尽最后一口气，喘息道：“唉，真理啊，我真为你感到悲哀，你竟先我而死！”

更过分的是，在帕拉墨德斯死后，阿开亚人还要凌辱他：他们没有埋葬他的尸体，反而任凭他的尸体被鸟儿叼啄。

阿喀琉斯看不下去了，跑去制止了这一残忍的行为。

“我看谁敢阻拦我！”他怒吼道。

忒拉蒙之子埃阿斯立刻表示支持阿喀琉斯。

然而并不只有他们俩相信帕拉墨德斯是清白的，军中还有很多人对这一事件表示怀疑。最后，有关帕拉墨德斯被陷害的议论传遍了整个军营：“帕拉墨得斯是被人陷害的！”

可是，罪魁祸首到底是谁呢？有谣言说，是奥德修斯容不下优秀的帕拉墨德斯；也有人说，其实是阿伽门农设计陷害的，因为他害怕帕拉墨德斯会取代他成为阿开亚人的新指挥官。而且，军中已经有两位德高望重的领袖令他不安了，如果帕拉墨德斯死了，人们大多会怀疑是奥德修斯陷害了他，杀掉其中一个正好可以陷害另一个。

奥德修斯虽然狡猾，为人却不坏；真正可怕的是诡计多端而且阴险冷酷的阿伽门农。他之所以能成为迈锡尼的国王，无非是因为他的巨额财富和那柄宙斯的权杖。可悲啊，在权杖的威慑之下，人们只能服从，根本就不敢指责他那些无法无天的恶劣行为。

但故事并没有结束，坏人最终还是逃不过他应有的惩罚。

瑙玻里俄斯得知自己的儿子被污蔑陷害致死后，便全速赶往特洛伊。阿开亚将领们对他的到来表现得十分冷漠。可是，这位睿智的老人还是一眼就看出了谁是这场阴谋的主导者，谁又是包庇主谋并试图掩盖真相的帮凶。老国王无法平息心中的怒火，他撤走了帕拉墨德斯麾下所有的欧波亚士兵。返回故乡后，他又开始在各个希腊城邦中奔走，告诉那些在家等待丈夫凯旋的妻子们，她们的丈夫此时正在特洛伊和美女们寻欢作乐，而且当他们回到故乡时，还会带回一个新王后。

那些在家中孤单等待的妻子伤心欲绝，她们中有的疯了，有的自杀了，有的甚至为了报复丈夫的不忠，天天和别的男人在宫殿里作乐。克吕泰涅斯特拉就是这样做的，而她的情人正是泰伊斯忒斯的儿子埃吉斯托斯，他在克吕泰涅斯特拉的怂恿下杀死了阿伽门农，最后又死于阿伽门农的儿子俄瑞斯忒斯之手。

在本章结束之前，让我们简单了解一下古希腊人抢夺女奴的战争习俗吧。这样的事情在今天看来违背常理，但在当时，处于统治地位的成年男子除了合法妻子外，通常还会有许多小妾。这就是为什么他们会有那么多子女；这种做法在非洲和亚洲则更为普遍。因此，普里阿摩斯的 50 个子女之中，只有 19 个是他妻子赫卡伯的孩子，其余的是他的小妾和情妇所生。

在希腊，像普里阿摩斯这样有这么多子女的国王也很罕见。阿开亚人在突袭各个城市后，不仅会抢夺当地的财宝和粮食等物品，还会抢走很多漂亮的女孩，再把她们分配给各个将领。然而，我们也看到，那些将领的妻子在得知丈夫另寻新欢的时候，是那么愤怒和伤心；她们的丈夫也许觉得这样做并没有错，可是他们的妻子并不认同这种做法。这表明这种做法在希腊并不普遍，在平民百姓中更是如此。

可在阿开亚军营中，将领们都认为拥有小妾是再自然不过的事情，他们甚至还把女人作为战功的奖赏。故事里，布里塞伊斯被奖给了阿喀琉斯，而阿伽门农则得到了克律塞伊斯。的确，温柔美丽的布里塞伊斯是对阿喀琉斯英雄行为以及赫赫战功的最高奖赏，就算失去全世界，阿喀琉斯也不想失去她。他对布里塞伊斯的感情得到了广大将士们的理解和神灵们的支持。

相比之下，阿伽门农对克律塞伊斯的感情就不像阿喀琉斯的感情那么纯洁深刻了，因为他仅仅把克律塞伊斯看作自己的占有物：他珍视她，但也会为了其他财宝，或者同等美艳的女人抛弃她。

为什么要向大家说明这样的习俗呢？因为只有这样，我们才能明白为什么古希腊人会如此看重那些被当作战利品来分配的女孩，才能理解为什么当可爱的布里塞伊斯被夺走时，阿喀琉斯会恼羞成怒，要誓死夺回属于自己的无价之宝。他这么做在当时完全是有理由的。

看起来，美丽的女人似乎永远都是特洛伊战争的焦点。先是那位倾国倾城的美人海伦引发了这场战争。如今，又因为美丽的布里塞伊斯和克律塞伊斯，巨大的不幸即将降临阿开亚的军营。

这场新的不幸开启了特洛伊战争的新篇章，也被人们称为“阿喀琉斯之怒”。举世闻名的大诗人荷马在他的长篇史诗《伊利亚特》中讲述了这个故事。由于本书篇幅有限，我们只能从中节选最精彩的片段，希望能让读者从中领略《伊利亚特》的不朽光辉。

第六章

阿喀琉斯与阿伽门农的争执

——改编自荷马的《伊利亚特》

不朽的缪斯女神啊，请为我歌唱珀琉斯之子阿喀琉斯那诅咒般的愤怒。他的这场怒火不仅给阿开亚人带来了无尽的灾难，还把无数英雄的灵魂都送入了哈迪斯的冥府。

神灵们期待的一幕终于上演了，就在阿波罗的祭司克律塞斯想要赎回女儿时，阿伽门农和阿喀琉斯之间的争斗也最终爆发了。

当阿喀琉斯攻占了忒拜以后，他带走了克律塞斯的女儿克律塞伊斯。接着，漂亮的克律塞伊斯又被作为战利品奖给了阿伽门农。现在，这位阿波罗的祭司带着丰厚的礼品走进了阿开亚人的军营，期望能够赎回女儿。他痛苦地恳求阿伽门农和其他将领："如百兽之王般威武的阿开亚将士们，请接受我的赎礼，把我的女儿还给我吧。愿神灵助你们早日攻占特洛伊城，载誉而归。"

克律塞斯的祈愿换来了阿开亚人赞赏的欢呼声，他们纷纷表示应该尊重祭司，接受他的赎礼并把克律塞伊斯归还给她的父亲。

阿伽门农却不愿失去这个美丽的女奴，他愤怒地注视着这位痛苦的父亲。

"滚开，老头儿！"他怒吼道，"别想见到克律塞伊斯了。她将永远留在迈锡尼，直到老死。她会一直生活在我的宫殿里，与织布机做伴并且一直服侍我。所以赶快消失！别让我再看见你，不然，小心你的老命！"

白发苍苍的克律塞斯被吓到了，只得带着一双泪眼离开了。一离开，他便向天空张开了双臂，大声疾呼："啊，无所不能的阿波罗，我们的守护神啊，请听听我的恳求吧！如果您对我并无怨言，如果您对我修建的神庙感到满意，如果您还记得我为您供奉的祭品，请您用神箭惩罚那些带给我伤痛的达奈人吧！"

阿波罗十分同情老祭司的遭遇，他将怒火全都释放到阿开亚人身上。这位愤怒的天神冲下奥林匹斯山，在战船的不远处停了下来，用致命的利箭射向营中的牲畜和一个又一个士兵。霎时间，利箭就像潮水一般涌向达奈人，战士们就像遭受瘟疫侵袭一般，毫无反击之力。整整九天，死去的阿开亚将士不计其数，焚烧尸体的烟雾都快蔓延到了天际。最后，赫拉出现在阿喀琉斯面前，指示他结束这场灾难。

之后，阿喀琉斯立即召集全军，对众人说道："如果瘟疫再这样继续下去，那我们就只能撤兵回家了，先保命要紧。我们先去问问先知，然后再寻找解决途径，看看怎样才能平息阿波罗对我们的愤怒。"

于是，军中唯一能通晓古今和未来的卡尔卡斯站了起来。他知道这场瘟疫的根源和解决办法，可他害怕说出办法会招致军中一位权威将领的报复，所以迟迟不敢开口。阿喀琉斯向他保证安全，卡尔卡斯便说道："阿波罗如此愤怒，全是因为我们的统帅阿伽门农侮辱了这位光明之神的祭司，而且拒绝交还他的女儿克律塞伊斯。现在要想平息阿波罗的怒火，我们必须立即把女孩交还给她父亲并且奉上成群的牛羊以谢罪。"

刚说完，阿伽门农就恶狠狠地盯住了卡尔卡斯，愤怒的火焰从他的眼里喷射出来。

"你只会危言耸听！"他咬牙切齿地咆哮道，"你从来没有说过我一句好话，总是预言各种灾难，好像这样能给你带来极大的乐趣。是的，我喜欢克律塞伊斯胜过克吕泰涅斯特拉！无论是美貌、身份，还是学问、才能，她都不比克吕泰涅斯特拉逊色。不过，你们所有人都给我听好：交出克律塞伊斯也可以，毕竟我也不愿意看着手下的军队分崩瓦解。可是，你们谁又能告诉我，我该如何放弃这件象征权力和荣誉的战礼呢？难道身为阿开亚联军统帅的我就这样两手空空，你们觉得这样合适吗？除非你们能给我一份和她一样高贵的战礼作为交换，否则，我不会轻易把她交出来！"

"阿伽门农！"阿喀琉斯恼怒地大叫道，"你只知道一味地索取，却从来不肯付出。死神已经将我们包围了，可你还只想着个人私利。阿开亚人已经把世上最好的战礼献给了你，你怎么还不满足？据我所知，从那些被我们攻陷的城市里带回来的战利品已经分发下去了，此时再收回来重新分配恐怕不合适吧。要不这样吧，你把克律塞伊斯交出来，等将来攻陷了特洛伊，我们再献给你比

她贵重十倍的战礼。”

“阿喀琉斯，你的确很勇敢，”阿伽门农反唇相讥，“可这点小花招就能骗得过我吗？是你自己自私吧。事实上，你根本就是不想交出自己的那一份，就想让我一个人两手空空。如果你们不能给我一件让我满意的礼物作为交换，我就要从你们的战礼中随便挑一份了——哦，你的就很不错啊，能和克律塞伊斯相媲美的，我想，大概就只有布里修斯的女儿了吧？”

阿喀琉斯听了他的话顿时火冒三丈，唏嘘道：“你这个两面三刀的恶棍，居然想夺走整个军队奖给我赫赫战功的战利品！如果你真的要那样做，就别指望我再为你这种小人战斗了。我对特洛伊本无仇恨，他们也从来没有夺走过我的牲畜和粮草。我们可是为了你和你的兄弟才来到特洛伊征战的，你这个忘恩负义的小人！你居然还想抢走属于我的战利品！哪次战斗不都是我冲在前面，夺城掠地，分得最多最好的总是你，我却永远都只能分到那少得可怜的一小份。阿开亚人把美丽的布里塞伊斯奖给了我，你却又想把她从我这里夺走！我宁愿带着我的兵勇离开这里，也不愿意再为你徒劳效力了！”

“你就趁机溜之大吉吧！我绝对不会挽留你。我还有很多将士可以调遣，帮助我征战特洛伊。带上你的密耳弥多涅人离开吧！既然你想这样，那我只好亲自去你的帐篷，带走你最爱的女孩，好让大家看看谁才是达奈人的统帅！”

阿伽门农的这番话彻底惹恼了阿喀琉斯，怒气在他的心中不断升腾。正当他要抽出宝剑，与阿伽门农决一死战时，一只手搭在了他的肩膀上。英雄一回头，看见的竟然是女神雅典娜。女神用法术让在场的人，除了阿喀琉斯，谁都看不到她。

“阿喀琉斯，”雅典娜劝道，“你知道，我和赫拉一直都很钟爱你。收回宝剑吧，不要动武。如果咒骂可以平息你的怒火，那就尽情地咒骂他吧。你所遭受的不公平对待，我和赫拉都看见了。耐心些，我们向你保证，这些不公平总有一天会加倍降临到阿伽门农头上。听话，把剑收回去吧。”

阿喀琉斯接受了女神的教诲，极不情愿地将宝剑推回剑鞘，雅典娜随即就消失了。可阿喀琉斯的愤怒并没有平息："阿伽门农！你这个酒鬼，怯懦的脏狗！你从来不敢和大家一起奋战，只知道如何抢夺他人的战利品！不过，这不是你的错，错的是我们。是我们推选你当了统帅。现在，要不是我强压住心中的愤恨，你早就一命呜呼了。我向宙斯的权杖起誓，总有一天，在赫克托耳的屠杀之下，你会跪着乞求我出战。到那时，你一定会为今天对我的侮辱感到后悔！"

阿伽门农怒不可遏地瞪着阿喀琉斯，刚要开口，却被口才出众的奈斯托尔拦住了。这位来自皮洛斯的三朝元老站了起来，用他甜美的语言宽慰道："啊，巨大的不幸降临在了阿开亚军营之中！知道你们这两位大英雄反目成仇，普里阿摩斯和他的儿子们一定会高兴得不得了。我年轻时，那些著名的将领向来尊重我的发言。现在，我希望你们俩也能听我把话说完。豪爽的阿特柔斯之子，你不应该抢夺阿开亚人奖给阿喀琉斯的那个漂亮女孩；可是同时，英勇的阿喀琉斯也不该僭越，反抗统治者。身为女神的儿子，你的确威力无穷，但阿伽门农是手握宙斯权杖的君王啊。"

老人睿智的谈吐十分合情合理，可是被愤怒冲昏了头脑的阿伽门农和阿喀琉斯根本听不进去。

"这个狂妄的小子想僭越于我们所有人之上！"阿伽门农愤吼道，"他本应尊敬我，如今反倒辱骂我。"

"别以为我会像别人一样对你的蛮横霸道忍气吞声，"阿喀琉斯立刻打断他，"我可不是胆小鬼，对别的将领吆喝去吧。你要是想带走那个女孩，你就去吧。既然是你把她赏赐给了我，你也有权把她收回。但是，你要是敢多动我其他的财物，就休怪我的宝剑不长眼！"

两人又唇枪舌剑一番，直到阿喀琉斯决定听从雅典娜的教诲，退回自己的帐篷中。可是，他胸中的怒火越烧越烈。

这时，阿伽门农则命令奥德修斯带着二十名划桨能手和作为祭品的一百头牲畜，将克律塞伊斯送回了她父亲身边。

奥德修斯听从安排，带着克律塞伊斯上船，向她的家乡驶去。等船一离岸，阿伽门农就叫来两名传令官，吩咐道："现在去把布里塞伊斯给我带过来。要是阿喀琉斯不同意，那么我将亲自带着战士去把女孩抢过来。"

传令官在门口瑟缩着不敢上前，阿喀琉斯说道："你们进来吧。我知道这和你们无关。阿伽门农才是罪魁祸首。我亲爱的朋友，帕特罗克洛斯，去把那个女孩带来，交给他们吧。正好，我也希望你们为我今天所说的话做个见证：只要我坚持不出战，将来总有一天，阿开亚人会跑来恳求我。阿伽门农根本不知道自己的行为会种下什么恶果。他绝对想不到有一天希腊人会自身难保！"

帕特罗克洛斯从帐篷里带走了布里塞伊斯，把她交到了传令官的手中。美丽的女孩不愿离去，却又无力反抗，只得任凭来人将她带走。

眼看女孩离去，阿喀琉斯的泪水夺眶而出，他抛下同伴，独自一人来到海边。这位英雄坐在沙滩上，凝望着大海，而他的母亲忒提斯就住在海里。

"母亲啊，为什么神灵要让我受到这样的侮辱？"他向母亲呼喊，"为什么命运女神只给我安排了短暂的一生？为什么宙斯还要让阿伽门农如此凌辱我？你为什么也能接受这样的安排呢？"这位愤怒的英雄不禁失声痛哭起来。

听到儿子的哭诉，忒提斯随波浪升上了海面。

"阿喀琉斯，我的孩子啊，你为什么哭泣？告诉我，到底怎么了？"

"一切都错了，"阿喀琉斯长叹一声，"母亲，请您坐下，我要把一切都讲给您听。"

接着，阿喀琉斯就把他攻下忒拜城并带走克律塞伊斯和布里塞伊斯，阿伽门农又夺取了原本属于他的布里塞伊斯的故事告诉了母亲。他接着说："母亲，请您登上奥林匹斯山，到宙斯的身边吧。他一直很感激您在其他神灵绑架他时出手相救。您去求他帮助特洛伊人，把阿开亚人打退到海边的战船上吧。这样阿伽门农就知道羞辱我是一件多么愚蠢的行为。”

忒提斯也为儿子遭受的境遇而心痛。她把他抱在怀里，泪水从她的脸颊上滑落，打湿了阿喀琉斯的一头红发。

“我的孩子啊，我会按照你说的去做，”忒提斯保证道，“回到你的帐篷里去吧。总有一天，那个傲慢无理的阿伽门农会出现在你眼前，卑躬屈膝地恳求你拯救他和阿开亚人。耐心些，宙斯现在正在埃塞俄比亚。等十二天后，他回到奥林匹斯山上，我就会把一切都对他说的，我知道该怎样劝服他。”

与此同时，奥德修斯也已经抵达了克律塞伊斯的故乡，把她以及进献的祭品一起交给了克律塞斯。奥德修斯希望克律塞斯能立刻祈求阿波罗，停止对阿开亚人的报复。

老祭司愉快地答应了，并马上准备好了圣坛。克律塞斯向天空张开双臂，呼喊道：“手握银弓的阿波罗，我们的保护神啊，我恳求您，请像之前满足我心愿一样，停止对阿开亚人的折磨吧。”

阿波罗听到了祭司的祈求，接受了丰厚的祭品。第二天清晨，奥德修斯和他的随从们就趁着有利的风势回营了，致命的箭雨此时也已经停歇，瘟疫结束了。

十二天后，忒提斯也飞出了海面，来到了巍峨的奥林匹斯山山顶并找到了众神之王宙斯。伤心的女神用沙哑的声音向宙斯讲述了她的儿子阿喀琉斯所遭受的不公对待，博得了他的同情。因为担心会因此惹怒赫拉，宙斯一直沉默不语。不过最后，他还是答应了忒提斯的请求，向她保证，会在战争中帮助特洛伊人，直到阿开亚人做出公正的判决并让阿喀琉斯恢复荣誉。

“我一定会说到做到，”他补充说，“凡是我点头答应的事情，一定不会食言。”

说着，宙斯低下了他不朽的头颅，整个天空和奥林匹斯山也为之一震。这也意味着，他对忒提斯的承诺再也不会收回了。

心满意足的忒提斯回到了深深的海底。可是，目睹一切的赫拉却愤懑填胸，宙斯立刻就知晓了。

“别指望我向你透露我真实的想法，”宙斯警告道，“尽管你是我的妻子，但是别的神灵不该知道的事情，你也无权知道。不过我可以向你保证，当我觉得可以向众神宣布的时候，我会第一个告诉你。”

整整一夜，宙斯都辗转难眠。怎样才能重创阿开亚人，使阿喀琉斯得到满意的补偿呢？

最后，他叫来了梦神俄尼罗斯，对他说：“善于欺骗的梦神，快去找到还在熟睡中的阿伽门农。在梦中向他传递，神灵们已经决定将胜利赐予他，让特洛伊覆灭了。”

俄尼罗斯不敢迟疑，他化身为奈斯托尔出现在阿伽门农的梦中，阿伽门农向来十分尊敬奈斯托尔。

“醒醒吧，伟大的阿伽门农，”他低声说道，“起来吧！作为肩负着全军命运的统帅，不能整夜睡眠啊。宙斯派我来告诉你，众神已经同意把战争的最后胜利赐予阿开亚人了。特洛伊的末日就要到了！”

阿伽门农带着狂喜惊醒了。他一心想要攻克特洛伊，等待他的却是宙斯安排好的腥风血雨，一场达奈人和特洛伊人的拼死鏖战。

他迅速穿好衣服，叫醒传令官，命令他们召集全体将领前来开会。

所有人在奈斯托尔的船上集合了。听完阿伽门农讲完他梦中的故事后，所有人都很震惊。

“但首先我要试探一下军心，”他说道，“我会召集全军，宣布我们即将起航回家。看看士兵们听到这个消息后做何反应。必要时，你们要在一旁控制住他们，我们必须要知道士兵们对战争的态度。”

将领们同意了，听到消息后的希腊人就像蜜蜂一样从各处拥了过来。召集完毕后，传令官们维持着嘈杂人群的秩序，不然连阿伽门农的声音都听不到。

当人群终于安静下来时，阿伽门农站起来，说："阿开亚的英雄们，阿瑞斯的武士们，宙斯狠心地欺骗了我。他向我保证攻下特洛伊。可是，我们已经战斗了这么多年，却还是看不到胜利的希望。特洛伊军队尽管并不庞大，却有很多精通战术的盟军相助，从而打退了我们的进攻。整整九年过去了，我们停靠在海边的战船在风吹日晒下都已经破烂不堪了。多年来，独守空房的妻子们一直盼望着我们归来，孩子们也渴望能再次见到父亲，然而，我们的目标仍未能实现。神灵们并不希望我们攻破特洛伊那高耸的城堡啊。现在，我们已经别无选择，只好起程回到生养我们的故乡了。好了，我们准备回家吧。"

瞬间，大部队就像起着风暴的大海般躁动起来。喜悦的欢呼声响彻云霄，士兵们疯狂地向岸边的战船冲去，你推我攘地把战船推下水，一心想要回到心爱的家园。可谁也没想到，阿伽门农只不过是在欺骗这些可怜的傻瓜罢了。

士兵们迫切渴望回家的心情难以阻拦。如果不是雅典娜飞下来警告奥德修斯，也许特洛伊战争就会这样仓促结束了。听了女神的警告，奥德修斯迅速行动起来，与留下的将领们共同努力，才终于控制住了归心似箭的士兵们。

然而，还有一个人在不停地大声抱怨，不听指挥官的命令。他就是军中一名又丑陋又驼背的士兵，平时最喜欢胡言乱语的塞耳西忒斯。

"阿伽门农，到底是什么让你如此折磨我们？"他叫嚷道，"你还想要什么？女人吗？我们每次攻城后献给你的女奴已经够多的了。那么，你缺金子吗？不，那些急于赎回儿子的父亲们总会将大把大把的金子放在你的脚边，求你释放他们那些被捆住手脚的儿子。可是，我们这些士兵又得到了什么回报呢？只有残酷的欺骗！阿开亚人啊，你们这些懦弱的胆小鬼，为什么要如此惧怕他呢？来吧，兄弟们，让我们一起离开这里吧！我们已经在这里待得够久了。就让他带着他的宝藏一个人去战斗吧。阿伽门农，到那时，你就会真切体会到我们的宝贵了。现在，你居然侮辱了一个英勇杀敌的大英雄，剥夺全军战士奖赏给他的战礼。我告诉你，如果不是阿喀琉斯将拔出的宝剑收了回去，那次侮辱就将是

你最后一次逞能了！”

“塞耳西忒斯，快给我闭嘴！”奥德修斯驳斥道，“你的确能说会道，可是在整个军营里，最没有资格批评别人的就是你！这里再也找不到比你更坏的人了！”

奥德修斯严厉地训斥了他一番，又举起手中的权杖狠狠地打了他一顿。塞耳西忒斯一下子就退缩了，一边退，一边不停地用手擦去眼中的泪花，嘴里还小声嘟囔着咒骂不停。就在几分钟前，许多人还为塞耳西忒斯的大胆钦佩不已，可现在，他们对他的崇拜全变成了无尽的嘲笑和嘘声。

接着，奥德修斯发言了。他完全知道该说些什么。

“我不会责怪大家想回家的心情，可又有谁不想家呢？任何人与家人分开哪怕一个月，都会渴望与家人团聚，更何况我们已经离开家九年了。不过，大家想想，我们真的要这样两手空空地回家吗？再耐心些，朋友们，让我们共同见证卡尔卡斯的预言吧。回想在奥利斯发生的一切，仿佛就在昨天。我们出发之前，眼看着一条蛇在吞食了九只麻雀之后变成了石头。预言说我们要经过九年的苦战，才能在第十年攻下特洛伊，赢得财富。现在，一切正如预言所说的那样，再坚守一段时间，勇敢的阿开亚人就一定能战胜普里阿摩斯，攻下强大的特洛伊城！”

奥德修斯的话十分奏效，军营中爆发出一阵兴奋的呼喊声。接着，包括奈斯托尔在内的其他将领也一一发言，最后讲话的是统帅阿伽门农。

隐身的雅典娜也将战斗的决心注入每一位将士心中，阿开亚士兵们士气高涨。那些刚才还想冲到船边的战士们现在也凝神屏气地听着指令，渴望在战场上与特洛伊人拼杀。

接着，阿伽门农向宙斯敬献了一头肥壮的公牛，在他身边的除了弟弟墨奈劳斯、皮洛斯的国王奈斯托尔，还有来自克里特的伊多墨纽斯、狄俄墨得斯、奥德修斯以及两位埃阿斯。

众将领围成一圈站定之后，双手各抓起一把大麦进行祈祷。一切准备就绪后，指挥官阿伽门农张开双臂，大喊道:“克罗诺斯之子，全能之神宙斯啊，请接受我们献上的祭品，赐予我们烧毁普里阿摩斯宫殿的力量，让我能一剑刺穿赫克托耳的胸膛，在太阳落山之前，让无数特洛伊人葬身于尘嚣之中！”

宙斯收下了祭礼，却没有理会阿伽门农的祭词。这位无上天神在那天回赠给阿开亚人的只有一场苦战。

很快，平原上就站满了希腊士兵。全军士兵呈方阵排列，每个方阵都由其将领带队。强壮有力、高大威猛的阿伽门农身穿一套闪亮的盔甲站在众人中间。这样的他酷似众神之王宙斯，他那粗壮的腰杆和大腿又彰显着战神阿瑞斯的气度，而他那起伏的胸膛更像是强大的波塞冬。就像一头公牛率领着牧群，阿伽门农威严地站立于全军之前。

然而，就在阿开亚人整装待发的同时，特洛伊人也做好了战斗的准备。宙斯提前派彩虹女神伊里斯送信给特洛伊人。在得知阿喀琉斯一怒之下退回帐篷不再出战后，特洛伊人决定冲出城墙，在开阔的平原上与达奈人争锋。容不得丝毫耽搁，特洛伊士兵便在城墙下集合了。

虽然赫克托耳是特洛伊的指挥官，但是今天，想赢取荣誉的帕里斯成了军队统帅。俊美的帕里斯宛如一尊天神，他身披一件闪亮的盔甲，腰间挎着一柄宝剑，肩上背着一张弓，骄傲地站在那里。下定决心要誓死拼杀的王子向前跨了几步，挥舞着手中的长矛，用尽全身的力气怒吼道:“勇敢的阿开亚人！开战吧！就让宙斯来决定胜负吧！”

刹那间，双方的军队都毫不退让地向前冲去。迫不及待想拼杀一场的阿开亚人和特洛伊人顿时打得不可开交。突然，墨奈劳斯发现了敌方队伍最前端的帕里斯，他跳出来与之对决。就像一只饥肠辘辘的雄狮发现了肥壮的小鹿，想要把猎物撕得粉碎。

一见到墨奈劳斯，帕里斯原本的战斗热情瞬间偃旗息鼓，勇气尽失的他恨不得找个地洞躲藏起来。

“人多的地方最安全。”帕里斯一边想，一边害怕地钻进了特洛伊的队列。他的哥哥赫克托耳气得一把抓住他，毫不客气地大声呵斥。

“你这个诱骗女人的无耻小人！”赫克托耳高声咒骂，“只会说空话的懦夫！要知道你是现在这副窝囊样子，当初你把海伦绑架回来的时候，我们就应该把你生吞活剥了。你的行为真是对英雄辈出的特洛伊的侮辱！”

帕里斯羞愧地低下了头。“你的确可以这样骂我，”他回答说，“我知道我刚刚的表现很不勇敢，但是现在起我再也不怕了。听我说，我会证明给你看的。现在你就去向双方士兵宣布：帕里斯要双方士兵放下武器，他要和墨奈劳斯单独较量。无论是谁获胜，都将赢得海伦以及那笔财宝，而失败的一方则要停止战斗。那么，这场旷日持久的战争就可以结束了。我们可以继续在特洛伊安居乐业，而他们也可以返回日思夜想的家乡，与美丽的妻儿团聚了。”

听了弟弟的建议，赫克托耳高兴地走到两军之间的空地上，向两军将士宣布了帕里斯的话。尽管十分诧异，但双方士兵都愉快地接受了。

接着，墨奈劳斯走上前来，说：“这一天终于要到了，这场战争就要结束了。就让我和帕里斯决一死战吧，看看宙斯到底会让谁先赴死。我只有一个要求，我们要先向赫利俄斯和宙斯各自敬献一只白色的公山羊，而且一定要由德高望重的普里阿摩斯亲自来主持这场祭祀。年轻人不够踏实沉着，容易受到眼前利益的迷惑，而年长的人目光长远，能从容避免危险时刻。”

墨奈劳斯这一番颇有远见的言辞博得了众人的喝彩。此时，普里阿摩斯、安忒诺耳以及诸位长老正站在斯卡亚城门上，密切地关注着城外的战事，不解地观望着。

同样收到伊里斯警告的海伦也登上了城门。她一出现，就立刻吸引了在场所有人的目光。长老们纷纷说道：“阿开亚人与特洛伊人交战多年也不足为奇，谁不愿意为了这样的美人而战呢？”不过，他们其中的一人又说：“无论她多么

美丽动人，还是让她从哪里来回哪里去吧。她在这里只会给我们带来灾难。”

长老们还在议论的时候，普里阿摩斯把海伦叫到了自己身边。

“过来，我的孩子，来看看你的第一任丈夫、亲人以及那些你曾认识的人吧。发生现在这样的事情，我不会责怪你，这一切都是神灵们的旨意。是他们造成了这该死的如同诅咒般的战争。但是请告诉我，那位英俊威风的阿开亚将领是谁啊？此人颇有王者的威严。”

“亲爱的公公，谢谢您的安慰，”海伦恭敬地回答，“但我知道自己背负着深重的耻辱。当初我就应该羞愧地死去，而不是随帕里斯离开。我真是走了一条不归路啊。现在，每当想起被我抛弃的女儿，我就泣不成声。真希望我从来不曾到过这个世界，我这个不要脸的女人啊！至于您问到的那个人，他是阿特柔斯之子，英勇的阿伽门农，也是我第一任丈夫墨奈劳斯的哥哥。”

普里阿摩斯钦佩地看着他的敌人。

“想必阿特柔斯一定很高兴吧！”他惊叹道，“像这样能够统率千军的国王，我此前从未遇到过。孩子，告诉我，那个有着宽阔胸膛、不断穿梭于队伍之中的卷发男子又是谁呢？”

“那位就是伊萨卡的国王奥德修斯，再也没有比他更聪明、更狡猾的人了。”

“奥德修斯的确聪明到可怕，”安忒诺耳补充道，“我在家设宴款待他的时候就看出来了。或许第一眼并没有什么深刻的印象，也许你会把他当成傻瓜或是粗野的家伙，但当听到他那强而有力的声音后，你就立刻会为他冷静而清晰的言论所折服，之前对他的坏印象也会一扫而空。”

“那位比其他人都高大强壮的男子又是谁啊？”普里阿摩斯第三次发问了。

“他就是大埃阿斯，阿开亚人坚实的堡垒，”海伦回答道，“他身旁的就是克里特人的统帅伊多墨纽斯。但我怎么没看到我的兄弟卡斯托耳和波吕丢刻斯呢？我担心他们已经遭遇了什么不测，因为没有看到他们随其他希腊将士一起出征特洛伊。”

普里阿摩斯还有很多问题要问，可是这时，赫克托耳派来的使者伊代俄斯打断了他的提问。

“来吧，拉俄墨冬之子，”伊代俄斯对老国王说，“特洛伊将士们正等着你呢。战争就要结束了。帕里斯将单独迎战墨奈劳斯，无论胜利属于谁，获胜者都能赢得海伦和那笔财富，而我们其他人将得到和平。”

得知儿子要与墨奈劳斯对战，普里阿摩斯不禁全身战栗。这真是个可怕的消息啊。但他还是命令御者驾车，与安忒诺耳一起穿过斯卡亚大门，来到位于两军之间的、早已准备好的祭坛旁。

普里阿摩斯一到，阿伽门农便向神灵喊道：“啊，众神之父宙斯啊，你是如此光荣伟大，此时你正从伊达山上看着我们，还有那在天上照耀万物的太阳，河流、大地以及专门惩罚那些违背誓言之人的神灵啊，请接受我们的誓言吧：如果帕里斯杀死了墨奈劳斯，那他就可以留下海伦和那笔财富，我们则立刻返回家乡。而如果墨奈劳斯杀死了帕里斯，那么特洛伊就要交回海伦以及抢走的财宝。此外，为了让世世代代的人们都牢记这场战争，特洛伊人还需向我们缴纳一笔罚金。但是，如果帕里斯死后，特洛伊人言而无信，那我们就会留下来，为我们的权利而战，直到攻克特洛伊。”

宣誓完，他就用锋利的匕首割开了那两只山羊的喉颈。同时，阿开亚人和特洛伊人一起将杯中的美酒泼洒在地，喊道：“就让那违背誓约之人的鲜血像这红酒一样在大地上流淌吧！”

接着，普里阿摩斯情绪激动地说道：“只有神灵才知道谁会获胜，谁又会被杀死。我要回到城里去，我实在不忍亲眼看见自己亲爱的儿子死在战场啊。”

普里阿摩斯一走，奥德修斯与赫克托耳就做了两个签。丢进了铜头盔里摇了摇，以此来决定交战双方中谁能先投出那致命的一矛。

同时，双方士兵簇拥着围了过来，异口同声地大声叫喊道：“啊，众神之父宙斯，惩罚那个罪有应得、引起祸端的人吧。把他送入哈迪斯的地府，好让我们共享誓约带来的友爱吧。”

赫克托耳摇了摇铜头盔，结果幸运降临到帕里斯身上。帕里斯和墨奈劳斯纷纷勇敢地向前一步，冲到了两军之间那块已经丈量好的角斗场地上；其他人则屏住呼吸，凝视着对彼此有着深仇大恨的两位英雄。

帕里斯先投掷出了他的长矛，却只重重地落在了斯巴达国王的盾牌上，铜质的矛尖被挫弯了，也没有刺穿盾牌。

现在，轮到墨奈劳斯了。“伟大的宙斯啊，”他大喊道，“请让这个毁了我幸福的下流小人赴死吧，以后再也不会有人胆敢侮辱热情好客的我了！”说完，他狠狠地将长矛抛了出去。这一下捅破了对手的盾牌，还刺穿了他的胸甲。但是帕里斯躲闪及时，并未能被射中。接着，墨奈劳斯高举宝剑，朝敌人的头盔猛攻下来，然而他的剑刃却被震断了，气得他丢掉了手中的宝剑。

“你对我太不公平了，众神之父宙斯，”他自言自语道，“我的长矛并未起作用，就连我的宝剑也断了，而我竟然还未能手刃这个卑鄙小人！”

但是，这并不意味着墨奈劳斯失去了打倒敌人的希望。他扑向帕里斯，一把抓住他那嵌有马鬃的头盔，把他拖拽到地上攻击。头盔的皮带勒得帕里斯差点窒息。如果不是阿佛洛狄忒在最后一刻帮他割断皮带，帕里斯就没救了。而阿特柔斯之子的手中此时只剩下一个空空的头盔，他将头盔抛到他的军队中。

正当士兵们高高举起头盔向众人示意时，墨奈劳斯又一次向帕里斯扑了过去，想将他撕成碎片。然而，阿佛洛狄忒再次救了帕里斯，把他藏在云雾中。而还没意识到敌人消失了的墨奈劳斯就像一只狂怒的野兽，在特洛伊士兵中发了疯似的到处寻找帕里斯的踪迹。特洛伊士兵们早已恨透了这位给他们带来无穷痛苦的王子，哪里有人愿意帮他。

最后，阿伽门农站了出来，向人群喊道：“特洛伊人、达奈人以及各位盟友们，听我说。我们都看到谁才是获胜者了，所以请将海伦和她的全部财产还给我们，还有我们约定好的罚金。接下来就让我们大家一起欢庆和平的到来吧。”

阿开亚人也一致赞同地呼喊着。

然而在高高的奥林匹斯山上，正密切关注着一切的赫拉却心急如焚。她可不想看到和平这么快降临，而特洛伊会免遭毁灭。

“这座城市做了什么，竟然招致你如此的愤恨？”宙斯问道，“是不是就算把普里阿摩斯和他的儿子们，以及所有特洛伊人都杀死，你复仇的怒火也不能平息？你决定吧。但是，要是我想摧毁某个你偏爱的城邦时，可别让我听到你的抱怨。”

“如果斯巴达、阿尔戈斯和迈锡尼那里的人民惹怒了你，你把它们全都烧为灰烬都可以，但现在就允许我把特洛伊夷为平地吧。”

不得已，宙斯派雅典娜混到特洛伊人之中，怂恿他们违背誓言。于是，战斗又一次开始了。

与赫拉一样希望亲眼看到特洛伊城覆灭的雅典娜愉快地来到了特洛伊军营，寻找神射手，吕卡昂之子潘达罗斯。这位神射手的弓箭是阿波罗亲手送给他的。

一找到他，雅典娜便化身为安忒诺耳的儿子，走到他身边，怂恿道：“你敢向墨奈劳斯放箭吗？想想射死他能为你带来的荣耀吧，帕里斯会多么感激你。别考虑了，你只要答应等战争结束，返回故乡后，为阿波罗举办一场隆重的牲祭就行了。”

愚蠢的潘达罗斯就这样被说服了。他躲在随从的盾牌之后，瞄准了那位著名的英雄。神射手的确不负虚名，利箭正中墨奈劳斯胸甲前的皮带，刺穿了胸甲，也刺伤了墨奈劳斯。要不是一直守护在他身旁的雅典娜放缓了利箭的速度，阿特柔斯的儿子真会命丧于此。尽管如此，墨奈劳斯的伤势还是很重，鲜血不断从伤口涌出。

这就足够了。这支箭足以改变局势了。先前的誓约遭到了践踏，因此，这场给阿开亚人和特洛伊人带来长久而无穷痛苦的九年战争注定要继续下去，并造成更大的祸患。

战争再度爆发，无数的达奈人像咆哮的大海一样席卷而来；特洛伊人也呐喊着迎面直上。雅典娜支持着希腊人，而嗜战的阿瑞斯则站在了特洛伊人那边。

阿瑞斯的两个儿子，德莫斯和福玻斯也加入战斗，与敌人打得不可开交。战场上的他们引得士兵们恐慌不断；他们的姐妹厄里斯也隐身人群之中，疯狂地煽动着战斗的激情。

率先投入战斗的阿开亚将领有阿伽门农、埃阿斯、狄俄墨得斯、墨奈劳斯以及伊多墨纽斯等。身为宙斯的后裔，强大的埃阿斯一举将西摩埃西俄斯猛击在地，就像斧头劈倒大树一样。可怜这位少年英雄的生命正值花季，却注定要凋谢。

普里阿摩斯的儿子安提福斯向埃阿斯掷出了长矛，结果却击中了奥德修斯的朋友琉科斯，这位正在将西摩埃西俄斯的尸体拖出战场的英雄也无声地倒在地上。于是，一个特洛伊人和一个希腊人就这样相拥着走进了冥府。痛失同伴

的奥德修斯难掩悲愤，他愤怒地扑向了迎面而来的特洛伊人，普里阿摩斯的私生子德谟科昂死在了他手中。

在怒发冲冠的奥德修斯的猛攻下，特洛伊人逐渐丧失了勇气，开始退缩。伴随着震天的呼喊声，阿开亚人蜂拥而上，拖回同伴们的尸体，进一步向特洛伊城逼近。

阿波罗见状，大吼道："特洛伊勇士们，绝不能在阿开亚人面前退缩。他们也是血肉之躯，并非铜墙铁壁，不会轻易就把你们打倒的。别忘了，阿喀琉斯还没有消气，此时正悠闲地坐在战船上呢。"

受到阿波罗的鼓舞，特洛伊人又重新鼓起勇气，与阿开亚人展开了激烈的对抗。色雷斯的领袖裴鲁斯率先出击，将厄培亚的首领狄俄柔斯打倒在地。然而转眼间，还没品尝到胜利滋味的裴鲁斯就被埃托利亚人托阿斯射杀了。托阿斯还想夺走裴鲁斯的盔甲，却不敌众多守护在尸体旁的色雷斯人。

在这场战斗中，不少阿开亚人名声大振，其中最出色的要数图丢斯的儿子狄俄墨得斯，是雅典娜女神帮助他赢得了荣耀。

莽撞的潘达罗斯看到狄俄墨得斯正大肆杀戮特洛伊人时，又再次毫不犹豫地冲到了队伍前方。虽然之前没能成功射杀墨奈劳斯，但他相信只要将可怕的狄俄墨得斯送入哈迪斯的冥府，他就能赢得更大的荣誉。

潘达罗斯毫不犹豫地拉上弓弦，对准狄俄墨得斯放了一箭。这一箭正中狄俄墨得斯的肩膀。

“看啊，特洛伊的英雄们！”以为自己得胜的潘达罗斯大喊道，“我射中最英勇的阿开亚人了。来啊，看看他倒在哪里了！”

但狄俄墨得斯并没有倒下。当他向雅典娜呼救时，他的车夫塞奈洛斯也拔出了他肩上的箭头。

顷刻之间，女神来到了他的身边。

“继续战斗，狄俄墨得斯！”雅典娜敦促道，“我已经将你父亲的勇气和力量都注入你的心中，不要惧怕任何人。即使是与女神阿佛洛狄忒对战，你都可以打倒她。”

于是，狄俄墨得斯又重新投入了战斗，把痛苦带给了迎面而来的特洛伊人。普里阿摩斯的儿子厄开蒙和克罗米俄斯冲上前来想阻击他的进攻，结果这二人反而倒在了对手刀下，连武器和战马也被抢走了。

狄俄墨得斯四处搜寻潘达罗斯的身影，猛然间看到阿佛洛狄忒的儿子埃涅阿斯随潘达罗斯一同驾车，朝他这边杀了过来。

车夫塞奈洛斯一看到他们过来，心里一阵恐惧。

“他们是不可战胜的，”他咽了咽口水，惶恐地说道，“我们还是离开这里吧！”

“你知道，我绝对不会临阵脱逃的！”狄俄墨得斯回答，“你留在战车上吧，我要徒步迎战他们。如果雅典娜赐予我获胜的力量，你一定要跑过去抓住埃涅阿斯不朽的骏马。这骏马的祖先可是当年宙斯带走特罗斯的儿子伽尼墨得斯后回报给他的礼物。说起伽尼墨得斯，在这个世界上，恐怕再也找不到比他更俊美的男童了。在众神聚会上为他们敬献美酒的就是这位俊美的少年。”

说完这些话，狄俄墨得斯就跳下战车，迎面冲向了敌人。

“威猛的图丢斯的儿子，”潘达罗斯向他大叫，“你侥幸从我的利箭下逃生。这一回，我决意要把你送入地狱！”说完，他便将手中的长矛向狄俄墨得斯投去。长矛穿透了对方的盾牌，却停在了胸甲前。

“我又击中你了！”潘达罗斯高声喊道。周围的人全都听到了他的呼喊。

“大错特错！”狄俄墨得斯反驳道，“你根本就没伤到我。我绝不会善罢甘休，一定要把你打得头破血流，然后敬献给战神阿瑞斯。”说完，他便举起长矛进行反击。在雅典娜的帮助下，长矛命中目标，潘达罗斯从战车上跌落下来，倒在地上死了，他的战马也被吓得嘶鸣不已。

埃涅阿斯从战车上跳了下来，悲愤不已地挥舞着盾牌和长矛，阻止敌人靠近战友的尸体。他担心这个阿耳吉维人会夺走尸体，对他的伙伴不敬。然而，狄俄墨得斯却直接举起一块石头向埃涅阿斯砸去。这块石头重到我们现代的两名大力士都难以举起，可是狄俄墨得斯一个人就轻而易举地搬了起来，重创了埃涅阿斯的大腿。

埃涅阿斯重重地摔在地上，试图用双手撑起自己的身体，但是疼痛让他昏厥了过去。要不是他的母亲阿佛洛狄忒及时出现，带他离开了战场，恐怕他早就落入死神的怀抱了。现在，没有什么能阻拦狄俄墨得斯了，他又将矛头对准了正抱着埃涅阿斯的阿佛洛狄忒。狄俄墨得斯的矛头刺破了女神的前臂，她体内的灵液随之喷涌而出。大叫一声之后，她只得忍痛抛下爱子飞离了战场，升上奥林匹斯山，找宙斯抱怨去了。

“我亲爱的，”宙斯安抚道，“你擅长的可不是战争和武器。你是爱与美的创造者啊，就把剩下的一切都交给雅典娜和嗜战的阿瑞斯吧。”

埃涅阿斯从受伤的母亲怀中掉落后，阿波罗又飞速赶来，再次将他从死神手里救了回来。狄俄墨得斯却还是毫不犹豫地威胁他，甚至夺走了阿波罗辉煌的盔甲。

“图丢斯的儿子，”身背银弓的神灵朝他怒吼，“奥林匹斯山上的神灵可没有人类那么好对付。我的神箭可没长眼睛，给我当心点，滚开！”

狄俄墨得斯按照神灵的旨意，退到了一旁。而阿波罗则抱着埃涅阿斯飞离了鏖战的人群，降落在位于特洛伊城旁边的卫城上。在神灵的照顾下，埃涅阿斯的伤口迅速地愈合了。但是他那两匹神骏的战马却被塞奈洛斯带到了阿开亚人的战船上。

仍然感到不快的阿波罗又返回到战场，恰好遇上了鲁莽的战神阿瑞斯。

“阿瑞斯，”他说，“你看看图丢斯的儿子是怎么对我们的？他先是打伤阿佛洛狄忒，接着竟敢向我示威。这个鲁莽的凡人怕是要挑衅父亲宙斯了。依我看，他是时候退出战斗了。”

听了他的话，阿瑞斯立刻跑到特洛伊人的战营中，向他们灌输杀敌的斗志和勇气。接着，他又找到了赫克托耳和声名显赫的鲁基亚国王萨尔珀冬。这位国王的父亲正是众神之父宙斯。他一路拼杀，冲到了阵地的最前线。随着他们的到来，战局也发生了变化。

这几位凶神恶煞的武士把阿开亚人吓得纷纷后退。赫拉克勒斯的儿子特勒波勒摩斯却不肯撤退，萨尔珀冬跳出来向他挑战。于是，宙斯的儿子与宙斯的孙子瞬间展开了致命的攻击。他们在同一瞬间投掷长矛，特勒波勒摩斯击中了萨尔珀冬的腿，后者的长矛却刺穿了他的心脏，将他击倒在地。

眼睁睁地看着特勒波勒摩斯倒地，奥德修斯悲愤不已。他单枪匹马地冲进了鲁基亚人群中，杀死了七位鲁基亚勇士。要不是赫克托耳和战神阿瑞斯拦住了他，还不知道有多少鲁基亚人会死在他手中。六名英雄倒在特洛伊人刀下后，阿开亚人的战局再度告急。在这紧要关头，赫拉恳请让阿瑞斯退出战斗。宙斯同意了，他还提议让雅典娜劝说阿瑞斯退出战斗。智慧女神出色地完成了使命，她引导狄俄墨得斯重创了战神，受辱的阿瑞斯只好愤懑不平地离开了战场。

与阿瑞斯一战点燃了狄俄墨得斯的战斗激情，这位大英雄又转向了鲁基亚军队。鲁基亚军队中一位英勇无比的勇士跳到了狄俄墨得斯面前。狄俄墨得斯停了下来，将其仔细打量了一番，他被这位英雄的勇气和不凡的外表深深吸引了。

“这位勇士，你叫什么名字？”他问道。

对面的年轻人毫无惧色，冷静地回答道：“我是希波洛克斯之子格劳科斯。我出生于鲁基亚，我祖籍却在遥远的科林斯。”

格劳科斯还把自己的祖父柏勒罗丰是如何从科林斯来到鲁基亚的经历告诉了狄俄墨得斯，他还补充道：“父亲送我出征时，曾经嘱咐我要率先应战，只有勇猛无畏地杀敌才配得上祖先们打下的声誉，我为生于将门而感到无比自豪。”

“你我可是世交啊！”狄俄墨得斯惊呼道，“我的祖父俄纽斯曾经盛情款待了你的祖父柏勒罗丰整整二十天。临别时，两人还互赠了礼物。如果你有机会来阿尔戈斯，我一定会万分欣喜，像我的祖父一样招待你。我知道，假如我有机会去鲁基亚，你也一定会盛情款待我。我们之间无须兵戎相向，毕竟战场上还有无数特洛伊战士和希腊战士等着我们拼杀。来吧，让我俩交换武器和盔甲，让全世界都知道，我们之间的情谊万古长青。”

两位英雄立刻跳下马车，互相交换了武器。他们的两只手也紧紧地握在了一起，以示二人之间兄弟般的友爱。

与此同时，赫克托耳却越发不满了。所有特洛伊人都在战场拼杀，可是帕里斯却不见踪影，他才是这场战争的罪魁祸首啊。于是，赫克托耳急忙返回城中寻找他。

刚刚穿过斯卡亚大门，赫克托耳就被一群女眷拦住了。她们焦急地询问自己家人的安危。赫克托耳一一回答了她们的问题。听了他的回答，有些人如释重负，有些人却流下了痛苦的泪水。

赫克托耳来到宫殿，先遇到了自己的母亲赫卡伯。她紧紧地抓住儿子的手，向他倾诉自己的焦虑，同时还给他倒了杯酒。

“母亲，现在不是喝酒的时候。我沾满鲜血的双手是不能举杯向宙斯奠酒的，况且我还要马上回战场拼杀。不过，我请您带领全城的女眷前去雅典娜神庙，向女神供奉丰厚的祭品，求她能保佑特洛伊城。我现在必须找到帕里斯，把他带回战场。只要他能听从我的指令，哪怕是诅咒他也没关系。宙斯似乎铁了心想要毁灭特洛伊。我宁愿看着帕里斯落入哈迪斯的地府，那样我也会好受些。”

怀着沉重的心情，赫克托耳与母亲告别了。这位王后按照儿子的吩咐，召集宫中的妇女来到神庙，为雅典娜献上了祭品。然而，这一切都是徒劳，因为女神根本不会接受她们的祭品。

赫克托耳终于找到了被海伦和一群女奴簇拥着的帕里斯，此情此景不禁让赫克托耳火冒三丈。

“可恶的家伙！”他破口大骂，“为了你，无数年轻的特洛伊勇士都已经葬身战场。马上给我起来！我们的家园就要陷入一片火海了！”

“我马上就来，”帕里斯回答说，“你生我的气是应该的。正因为痛苦不堪我才不敢冲到前线。不过现在我已经准备好了，马上就可以披甲上阵，与你并肩作战。你先去吧，我随后就追上你。”

“哥哥，”海伦说，“现在我已经无地自容了，简直无法面对你。如果我刚出生时，母亲就把我扔进大海或是丢在某个荒山上，大家就不会有现在的苦难遭遇了。不过，哥哥你坐下来休息一会儿吧。都怪我不知廉耻，还有帕里斯的鲁莽武断，你才要去参与这艰苦的战争。可这是宙斯为我们安排好的宿命，我们的故事将在歌谣和传说中流传下去。”

“谢谢你，海伦，但我不能留下来。特洛伊的战士们正在呼唤我。我只想再见见我那可爱的妻子以及刚出生的儿子，因为我不知道是否还能与他们再次团聚。”

不过美丽的安德罗玛刻此时并不在宫殿里。听到特洛伊将士败退的消息，她就焦急地跑到城门口去打探消息了。

迈着大步，焦急不安的赫克托耳沿着城内的街道四处寻找爱妻。最后，他只得放弃，再次穿过斯卡亚城门，打算奔赴战场继续杀敌。

“噢，赫克托耳，你是不是疯了？你要去哪儿啊？”一个十分熟悉的声音传来，赫克托耳回头一看，他美丽卓绝的妻子就站在他身后，身边的女仆怀中正抱着他那刚出生的儿子阿斯图阿纳克斯。

看到妻儿，他的脸上立刻就浮现出一丝欣慰的微笑。满脸泪水的安德罗玛刻扑到丈夫的怀中，紧紧地握住他那双大手，说：“你的急躁会要了你的命。你这个傻瓜，可怜可怜我和我们的孩子吧。你这一走我成了寡妇可怎么办啊。不久阿开亚人就会一拥而上结束你的生命啊。如果我失去了你，那比我下地狱还要痛苦一千倍啊。在这个世界上，除了你，我什么亲人都没有了。我的父亲和所有的兄弟都已经死在了阿喀琉斯的剑下。还有我那悲惨的母亲，在沦为女奴饱受凌辱之后就被愤怒的阿尔忒弥斯杀死了。赫克托耳，对我而言，你不仅是我的父母兄弟，还是陪伴我一生的爱人。求你可怜可怜我，就留在城堡内指挥战斗吧。我不想沦为可怜的寡妇，也不想让我们的孩子失去父亲。派遣人马到无花果树那里，那里是全城防守最薄弱的地方，敌人已经向那儿发动了三次进攻，试图突破我们的城墙了。”

“亲爱的，你说的这些我全都考虑过了，”赫克托耳回答说，“但是，我绝不能离开战场。不然我怎么有脸面对那些英勇杀敌的将士，还有他们母亲那期盼的眼神呢？我实在无法忍受自己成为懦夫。我应当冲在阵地的最前沿，奋勇杀敌，为自己和我的父亲赢得荣耀。然而我知道，天将破晓前，我的父亲和我们这座城市都将化为乌有。即便如此，最让我痛心的并不是特洛伊的覆灭，也不是我那不幸的父母以及战死沙场的兄弟，而是你。不，那些还不能灼伤我的

灵魂。想到将来有一天，你将成为某个身披盔甲的阿开亚人的奴仆，被他拖在身后，每天以泪洗面；想到在遥远的阿尔戈斯，你将整日屈身于织布机前劳作，或是每天穿梭于水井边汲水，你知道这些带给我的痛楚有多深吗？当有人看着泪流满面的你说‘这就是特洛伊最神勇的赫克托耳的妻子’的时候，你知道那会多么折磨我吗？而之后，你又会陷入新一轮的悲痛。我真希望宙斯能早点让我赴死，这样在你被敌人掳走的时候，我就不会听见你的号啕声了。”

说着，赫克托耳便伸出手抱了抱幼小的阿斯图阿纳克斯。可是，小家伙被父亲身上的青铜盔甲闪烁出的光辉和头盔上的马鬃吓到了。安德罗玛刻与赫克托耳全都被儿子的可爱模样逗笑了。赫克托耳摘下耀眼的头盔，放在地上，然后抱起儿子亲了亲。

哄着怀里的儿子，他最后说道："啊，众神之父宙斯，请你让这个孩子日后能和我一样，成为特洛伊的大英雄，带着荣誉统治一个更强大的特洛伊吧！各位神灵啊，请你们保佑孩子的母亲，让她能亲眼看着自己的儿子从战场上凯旋，那样她也会感到欢欣。到那时，人们会说‘他的父亲威猛强劲，可是他比父亲更胜一筹’，我想他的母亲也会得到宽慰。”

说完这些，赫克托耳便把孩子放回到他母亲怀里。尽管还含着泪水，安德罗玛刻稍稍弯身，微笑着接过了孩子。

“如果我曾伤害过你，请相信我不是有意的。没人知道特洛伊将走向何方，”赫克托耳一边戴好头盔，一边说道，“无论是勇敢的战士，还是懦弱的胆小鬼，都无法逃脱命运的安排。”

赫克托耳就这样走了，这一别最终成了两人的永诀。

赫克托耳走出城外时，帕里斯也从后面追了上来，与哥哥一起重新投入战斗。他已经下定决心要英勇奋战。两位将领的归来使特洛伊人的战斗热情再次沸腾起来。赫克托耳决定与阿开亚人一对一决斗。这是他兄弟赫勒诺斯的建议，他预测到赫克托耳的末日还未到，刚好可以利用这个机会杀掉阿开亚的勇士。

拿着长矛的赫克托耳像一道屏障一样，逼退了身后的特洛伊战士们，让他们停止战斗；阿伽门农见状，也立刻下令要阿开亚将士们退后并停止战斗。

接着，赫克托耳走上前去，大喊道："特洛伊和阿开亚的将士们，请听听我的心里话吧。我想与一位希腊勇士一对一地决斗，任何一位阿开亚人都可以应战。就让宙斯见证我所说的一切吧。如果在对决中，我被对手打败，他可以夺取我的武器，但是一定要将尸体留给特洛伊人，让他们以应得的礼节和荣誉将我埋葬。而如果我侥幸战胜了对手，我会取走他的武器，也会让你们在赫勒斯庞特海岸为他举行体面的葬礼，筑起高大的坟堆，让后人能永远铭记他。每当水手们经过时，就会说：'一位英雄在此长眠。尽管他英勇抵抗，但还是被伟大的赫克托耳击倒。'"

赫克托耳说完，整个阿开亚军营便陷入了死一般的沉寂。没有人说一句话。阿开亚人耻于拒绝挑战，但又害怕接受挑战。战场上这种僵持的寂静令人难以忍受时，忍无可忍的墨奈劳斯万分愤慨地跳了出来，大声地痛斥并讥讽阿开亚战士是自负的窝囊废，像女人一样的胆小鬼。

最后，伴随着心中升起的一股不祥预感，他说道："既然你们当中没有人敢直面赫克托耳的挑战，就让我去与他对决吧。希望神灵们能将胜利赐予他们的支持者！"

高贵的墨奈劳斯啊，就在你说出此话的时候，你已经预见到了自己的末日，因为你深知自己不是赫克托耳的对手。

"你疯了吧！"阿伽门农马上驳斥道，"你怎么能打得过一个连阿喀琉斯都害怕的英雄呢？退到一边去吧，阿开亚自会有一位势均力敌的勇士与之对决。"

墨奈劳斯听从了他的命令。接着，白发苍苍的奈斯托尔步履蹒跚地走出来，说："年迈的珀琉斯见到你们这样一定会哀鸣不已，他宁愿到哈迪斯的冥府，也不愿看到阿开亚人的子孙竟然因为害怕而在赫克托耳面前当缩头乌龟。哦，宙斯、雅典娜还有阿波罗啊！如果我还能重返青春就好了。那时，我曾率领皮洛斯人对抗阿耳卡底亚人。他们的首领厄柔萨利昂如天神般魁梧，凡是见过他的人都会吓得不寒而栗。他当时也向我们提出了挑战，却无人回应。于是我接受了他的挑战。虽然当时我是全军中最年轻的战士，可雅典娜决定助我赢得荣耀。我最终将高大魁梧的厄柔萨利昂打倒在地。此前，我从未打败过那样一位威猛的战士。啊，如果我能回到青春年少的时光，我必将与赫克托耳对决！只可惜，现如今却没人敢应战了。这真是太令人羞愧了。"

老人的话奏效了，立刻就有九位勇士从军营中冲了出来。他们是：阿伽门农、狄俄墨得斯、两位埃阿斯、伊多墨纽斯、墨里俄奈斯、奥德修斯、欧鲁皮洛斯以及托阿斯。他们每一个人都非常渴望与无与伦比的赫克托耳对战，最后只得以抽签决定。忒拉蒙的儿子最后如愿以偿。全副武装的大埃阿斯立即走向了赫克托耳，脸上带着渴望一决高下的微笑。阿开亚人见到他立刻欢呼不已，而特洛伊人却因此感到恐惧，就连赫克托耳也开始心跳加速，不过他还是坚定地站在原地。

不一会儿，一对一的决斗开始了。起初，大埃阿斯试图吓倒对手，结果赫克托耳根本不吃他这一套。于是，这位勇士颇有风度地提出，为了公平起见，赫克托耳可以先向他投掷长矛；作为回报，勇猛的赫克托耳向他保证绝不会违背公平竞争的原则。

赫克托耳率先投出长矛。锋利的矛头击中了埃阿斯坚硬厚实的巨盾，却未能将它刺穿。接着，埃阿斯向赫克托耳掷出长矛，这一击穿透了赫克托耳那巨大的圆盾，但是赫克托耳躲闪及时，避开了死神的来袭。

两人各自取回武器之后，新一轮进攻又开始了。不过这一次，赫克托耳的矛尖被埃阿斯的盾面挫弯了，埃阿斯的长矛还擦伤了赫克托耳的脖子。顾不得擦拭伤口的鲜血，赫克托耳抱起一块巨大的石头向埃阿斯砸去。石块击中了埃阿斯的盾牌，却未能伤到他。接着，埃阿斯也从地上搬起一块磨盘大小的岩石向赫克托耳扔去。这次投掷的力量很大，石块飞行的速度极快，一下子就把赫

克托耳砸倒在地。不过一直关注战局的阿波罗却悄悄地将赫克托耳扶了起来。就在两位英雄正要拔剑相向时，传令官塔尔苏比俄斯和伊代俄斯走上前来，用节杖隔开了他们。

“住手！”普里阿摩斯的发言人伊代俄斯大喊道，“这场战斗已经表明，宙斯对你们两位是一样的偏爱。黄昏来临了，我们必须服从黑夜的安排。”

这次决斗就这样结束了。两位英雄收回了宝剑，握手言和。

“现在让我们互赠礼品吧，”赫克托耳说，“这样，人们就会说：‘这两位勇士曾经决一死战，不过最后却成了好朋友。’”

说完，他就将一把缀满银钉的宝剑作为礼物送给了对方，而埃阿斯则以一条紫色的腰带作为回赠。

虽然这场残酷的决斗最终以彼此建立友谊而结束，但是在场的每一个人都知道，第二天等待他们的将是一场恶战。

傍晚，阿开亚将领们开会共商战事。奈斯托尔提议，趁着夜色，阿开亚人应该尽快修筑一道护墙，以保护军营以及海边的战船。他的想法得到了众人的赞同。

而另一边的特洛伊人也正在商讨着战事。备受众人尊敬的安忒诺耳说道：“特洛伊和达达尼亚的同胞们，我现在说的都是肺腑之言，希望大家能认真听好我的发言。美丽的海伦还有那些财产必须归还给阿开亚人。现在我们是因为违背了誓言而被攻打，别再期盼神灵能带给我们胜利了。”

这时，帕里斯站了起来。

“老头儿，你大概是老糊涂了，才会说出这样的话！”他大叫道，“我决不会放弃海伦，顶多把她的财产还给阿开亚人，要是还不够，把我的那部分财产也交出去好了。”

接着，普里阿摩斯也发表了观点。

“我同意帕里斯的话。明天早晨，让伊代俄斯向阿伽门农转告我们的这项提议。如果阿开亚人不接受，那么就请他们至少能暂时停止战事，好让我们掩埋死去的特洛伊将士。”

当伊代俄斯把特洛伊人的提议转告给希腊将领后，狄俄墨得斯跳了起来，喊道：“不要为帕里斯的提议所迷惑，特洛伊城已经快要变为一片废墟了！”

在场的将领纷纷表示同意，于是阿伽门农转向传令官，说：“你都听到了，伊代俄斯，我们阿开亚人已经给出一致的答案了。不过，你们要求埋葬死者，我们没有理由拒绝。战死沙场的勇士们的确应该被尽快埋葬。”

次日，当黎明来临，特洛伊人和希腊人都忙着清扫战场，收集各自同胞的尸体。所有的工作都在一片寂静中有条不紊地进行着。阿开亚人也通宵修好了一道坚实的护墙，护墙上设立了石头和树干。他们还建造了高耸的瞭望塔让城墙更坚固，塔下则是一条嵌满了锋利长钉的壕沟。

这一切正在进行的时候，宙斯把众神召集到他身边，宣布说：“诸位神灵，请认真听好我的命令。从现在开始，不管是特洛伊人，还是阿开亚人，你们都不能帮助这其中的任何一方。我的话就是最高的法律，如果有人胆敢违抗，那么，比冥府还要黑暗恐怖的塔尔塔罗斯深渊将会为他打开大门。我说到做到，因为我比你们任何人都强大。要是有谁不服，想与我一决高下，可以先试试从天上放下一根金绳，我抓住上头，你们抓下头，无论是谁，都休想拉动我半分。但是，只要我想拉动你们，整个大地也会被我拉上来。这就是你们与我在力量上的差距！”

众神全都害怕地低下了头。接着，这位众神之王来到了伊达山上，直接下达了他的旨意。特洛伊人将会在战斗中占取上风，阿喀琉斯赢回荣耀的时刻就要到了。

新的一天到来了，两军将士再次形成了对峙的方阵，随时准备投入新的战斗。这时，宙斯从伊达山上向达奈人的军营扔了一个霹雳，这样的凶兆吓得阿开亚士兵们陷入盲目的恐慌。特洛伊人很快就在战斗中占了上风，在将领们的统率下，深入敌军腹地的特洛伊人将阿开亚人打得溃不成军。

帕里斯一箭射中了奈斯托尔的一匹驭马。这位白发老人发现自己陷入困境之后绝望地呼救着，却被疲于逃命的阿开亚人的惨叫声淹没了。就连奥德修斯从他身边匆匆跑过时，也没留意到等待救助的老人，而这一切全都是宙斯的杰作。最后，狄俄墨得斯发现了奈斯托尔。他无视神灵的愤怒，飞奔到老人身边。

“快！爬到我的战车上来！”他大喊，“这是我从埃涅阿斯那儿抢来的特罗斯的神马。这些通灵的马儿完全知道什么时候该跑，什么时候该停。把你的马匹留给车夫吧。”

奈斯托尔立刻跳上了狄俄墨得斯的战车，抓住缰绳，扬鞭而去。与此同时，赫克托耳冲了上来，想拦住对方的去路。然而，狄俄墨得斯抓住时机向他投出了手中的长矛。虽然没能击中这位特洛伊人的统帅，狄俄墨得斯却将他战车的御者击倒在地。随从的死亡让赫克托耳万分心痛，他不得不暂时退出战斗，因为现在无人能够为他驾驭战车。狄俄墨得斯和奈斯托尔因而抓住了反击的机会。要不是宙斯从空中丢下一个霹雳，恰好落在狄俄墨得斯战马前的泥地上，这两位英雄一定会逼得特洛伊人退回到城内。

吓得不轻的奈斯托尔丢开了手中的缰绳。

“狄俄墨得斯，”他叫道，“宙斯在警告我们，要我们撤退！”

“我也明白，”狄俄墨得斯说道，“但是，我宁愿被黑暗的大地吞噬，落入哈迪斯的冥府，也不想让赫克托耳吹嘘说我竟然落荒而逃。”

老人根本没有理会他的抗议，马上调转战车，飞快地逃离了危险。赫克托耳在他们身后大声喊道：“狄俄墨得斯，阿开亚人向来尊敬你，可是临阵脱逃的你在他们心中的地位将会一落千丈！逃命去吧，你这懦夫！赫克托耳从来不会临阵脱逃！我也决不会让你侵犯特洛伊半分，不会让你俘获我们的女人，我会直接送你去哈迪斯的冥府赴死！”

英勇的狄俄墨得斯催促了奈斯托尔三次，想要杀回去与赫克托耳面对面挑

战，而宙斯也在伊达山上投掷了三次雷声。那雷声意味着，这次的胜利是属于特洛伊人的。

接着，赫克托耳呼喊道："特洛伊人、达耳达尼亚人还有鲁基亚的将士们，宙斯站在我们这边。让我们勇往直前吧！消灭敌人！将他们的战船全都烧成灰烬吧！"

接着，他又弯腰对自己的战马说："赶紧行动起来吧，马儿们，回报悉心饲养你们的安德罗玛刻的时候到了。她总是用甜美的谷物和香甜的美酒喂养你们，从来不曾吝惜半分。现在请你们助我一举夺下奈斯托尔的盾牌以及狄俄墨得斯的胸甲吧。要是我能手刃这二人，那今天就是阿开亚人留在特洛伊的最后一天。"

然而，赫拉瞒着宙斯偷偷帮助阿开亚人，阿伽门农、墨奈劳斯以及两位埃阿斯重新率领着阿开亚人冲到了战斗的最前端。但最勇猛的还要属大埃阿斯的兄弟丢克耳。这位出色的弓箭手躲藏在兄弟高高的盾牌之后，每当大埃阿斯举起盾牌时，他便会将弓箭瞄准敌人；眼见对方倒地身亡后，他才会像一个寻求母亲保护的孩子一样重新躲回盾牌之后。

眼看越来越多的人死在丢克耳的箭下，赫克托耳便向丢克耳冲了过去。埃

阿斯的这位兄弟毫无畏惧地向赫克托耳拉弓放箭，结果只射中了对方的驭手。刚刚痛失驭手的赫克托耳又失去了第二位驭手，他勇猛地从战车上跳了下来，搬起一块石头砸向丢克耳。巨石砸在丢克耳的胳膊上，他手中的弓箭也随之被震落在地。丢克耳跪了下来，痛苦地捂住受伤的手腕。不过，大埃阿斯见状便用他的盾牌挡在丢克耳面前。同时，他的两位忠实的朋友也迅速赶来，把受伤的丢克耳抬到了安全的地方。

接着，宙斯将战斗热情注入特洛伊人心中。在赫克托耳的率领下，全体特洛伊将士把希腊人杀退到护墙边，许多落在后面的希腊人纷纷惨死在特洛伊人的战刀之下。无路可退的阿开亚人向上天发出绝望的呐喊，神灵却对他们的请求置若罔闻。最后，阿开亚将士们只得在战船前组成了一道人墙以进行反抗。一直持续到太阳落山，这场战斗才终于结束了。

“都怪夜色的侵袭，”赫克托耳说，“不然我们今天一定可以彻底摧毁阿开亚军队。不过，明天我们一定可以重整旗鼓，彻底打败阿开亚人，为自己赢得无上的荣光和胜利的喜悦！”

正当赫克托耳用这些充满希望的话语鼓舞将士时，敌营中的阿伽门农也正怀着沉重的心情在向阿开亚将领们发表讲话。

“有些话真是难以言表，不过确实是不可争辩的残酷现实。伙伴们，宙斯欺骗了我。他曾经向我保证，有着高耸城墙的特洛伊一定会被我们攻克。可是现在，他想让我们落荒而逃，士兵们也死伤无数。既然他早已安排好了这一切，我们又怎能与他抗衡呢？让我们登上战船，起航回家吧。”

阿开亚将领们纷纷低着头，一言不发。直到狄俄墨得斯的一声怒吼打破了沉寂：“阿伽门农，你根本不知道自己在说些什么。达奈人从来就不怕战斗。如果你想回家，就马上带着你的人马离开吧！我说什么也不会无功而返，我和我的人马还有赛奈洛斯会一直坚持到攻克特洛伊的那天！”

狄俄墨得斯的话重新点燃了阿开亚人心中的战斗热情。

“图丢斯的好儿子，你不仅骁勇善战，而且英明果断！”奈斯托尔赞叹道，“不过，还有一件事必须由阿伽门农来做。我之前就对你说过，你不应该从阿喀琉斯那里夺走他那美丽的布律塞伊斯，你却不听我的劝告，惹怒了全阿开亚最勇猛的英雄。听我说，现在就去弥补你对他犯下的过错吧。”

这一次，阿伽门农听从了奈斯托尔的规劝。无论付出何种代价，他都要与阿喀琉斯和解！阿伽门农不仅送还了布律塞伊斯——他向宙斯发誓，自己从来没碰过这个姑娘——还立即向阿喀琉斯献上了无数赔礼。

此外，阿伽门农还承诺，一旦他们攻克特洛伊，他将会把自己的一个女儿许配给阿喀琉斯，同时还会奉上七座城池。他所做的一切都是希望能平息阿喀琉斯心中的怒火，请他重新投入战斗。

第七章

代友上阵的帕特罗克洛斯

菲尼克斯、埃阿斯和奥德修斯三人来到阿喀琉斯的帐篷前，向他转告了阿伽门农的话。可是，这位英雄的回答对阿伽门农来说却是毁灭性的打击。

在狠狠地发泄完一通怨气后，阿喀琉斯愤恨不已地说："我决不会收回曾经说过的话，哪怕他给我相当于他的财产二十倍那么多的财富，或是整个俄耳科墨诺斯的宝藏，抑或是在埃及有着数百城门的底比斯的财宝，我还是不会改变心意。就算他把全天下的海沙都变成金子送给我，我也不会回心转意。别白费心机了，我是不会同他和解的，除非他让我以牙还牙地羞辱斥责一番。把我的答复转告给你们的将领吧。我只希望你们能留下亲爱的菲尼克斯，让这位抚育我长大的参议能随我一起返回故乡。"

奥德修斯和埃阿斯只得向阿伽门农转告了阿喀琉斯的回复。知道阿喀琉斯的心意后，阿伽门农陷入深深的自责。

夜已深，所有将士都睡熟了，阿伽门农却难以入眠。最后，他起床穿好衣服，走出帐篷，看见对面特洛伊的军营之中火光漫天。正当他思考这火光意味着什么的时候，同样失眠的墨奈劳斯走到他身边，说："我们必须有所行动。"这二人都认同这个观点。"特洛伊人近在咫尺，我们却安心入睡。"然后他们唤醒诸位将领，共同商讨战事。

"我们必须弄清楚特洛伊人的作战计划，"奈斯托尔说，"暗地里派两个人前去敌营打探一番吧。"

狄俄墨得斯和奥德修斯被委派了这项任务。

与此同时，赫克托耳也正寝食难安，想着如何才能早日攻破敌营。于是，他决定派多隆前去阿开亚军营探听军情。赫克托耳答应回报他阿喀琉斯那两匹非凡的战马。

半途中，多隆竟和同样来打探情报的狄俄墨得斯和奥德修斯撞了个正着。等他想逃跑的时候，已经来不及了。

"别杀我，"他跪下来恳求道，"只要你们饶我不死，我的父亲一定会给你们数不尽的金银财宝。”

“那你先告诉我们，你为何深夜出行？你们到底有什么计划？”奥德修斯命令道。

多隆被吓坏了，便把他知道的一切全都告诉了奥德修斯。

“而且，如果你们想来一场大破坏的话，”他接着说，“一直沿着这个方向走，你们就会看到一群刚刚抵达特洛伊的色雷斯武士。他们现在肯定已经熟睡了。这其中还有他们的国王瑞索斯，他那匹驭马跑起来可是比风还要快。”

此时的多隆早就把赫克托耳的信任抛在了脑后，他只想着怎么保住自己的小命。可是谁又会怜悯一个叛国贼呢？狄俄墨得斯割断了他的脖子，然后就和奥德修斯一起出发去寻找色雷斯人了。

正如他们所预料的，这群色雷斯人都已经睡熟了。

“你来杀敌，我来照看这些驭马。”奥德修斯对狄俄墨得斯低声道。

狄俄墨得斯就像一只雄狮在毫不设防的羊群中扑杀那样，一口气杀死了十三名壮士，就连瑞索斯国王也死在了他的刀下。要不是雅典娜敦促他，赶紧在特洛伊人未发现他们的行踪之前离开，恐怕他还要大开杀戒。

当狄俄墨得斯和奥德修斯牵着抢夺来的驭马返回军营时，所有人都对他们带回来的战利品感到惊奇。

“我活到这么大岁数，看过的东西也不少，”奈斯托尔说道，“可是这样的驭马还是头一回见。”

“它们是瑞索斯的驭马，”奥德修斯回答说，“狄俄墨得斯杀死了他以及其他十二名色雷斯勇士，路上我们还遇上了一个特洛伊的间谍。”

太阳再一次升起，宙斯又命令不和女神厄里斯重新点燃战斗的火焰。阿开亚人率先拿起武器战斗，成功地将特洛伊人从自己的战船边击退。然而，他们不知道，等待他们的是奥林匹斯山上的主人宙斯早已安排好的考验。

果然，太阳还未落山，统帅阿伽门农就因为手臂负伤而退出了战斗。在狄

俄墨得斯与赫克托耳一决高下时，帕里斯趁其不备，一箭刺伤了狄俄墨得斯的大腿。阿斯克勒庇俄斯那医术精湛的儿子马卡昂被帕里斯的利箭射伤了，这引起了阿开亚人的一阵恐慌，毕竟军医的作用不言而喻。阿开亚人遭遇的这些不幸都是宙斯安排好的，他希望的正是特洛伊人取得胜利。如今，军心涣散的阿开亚人纷纷向海边溃逃。

“我的灵魂不允许我临阵脱逃，”奥德修斯自言自语道，“可就这样一人赴死也太可惜了。”正当他犹豫不决的时候，一群特洛伊人冲上来包围了他。奥德修斯就像被猎狗围困的野兽一般，立刻与一拥而上的特洛伊人展开了激烈的战斗。最先冲上来的四位特洛伊勇士死在他的反击之下；接着，他又杀死了西帕索斯的儿子卡罗普斯。

正与卡罗普斯并肩作战的索科斯眼睁睁地看着兄弟倒地，大喊道：“举世闻名的奥德修斯，你诡计多端、心思聪慧，的确无人能及。不过，今天摆在你面前的只有两种选择。要么杀了我们两兄弟，要么你下地狱！”说完，索科斯便向奥德修斯投出了长矛。长矛刺破了盾牌外面的皮革层，挑开了坚硬的铜壳，穿透胸甲，扎进了他肋骨下面的皮肉之中。

但是，奥德修斯知道，这点伤并不足以致命，所以他看都没看一眼就大喊道：“可悲的年轻人啊，这点刺伤对我来说不算什么，现在轮到我来结果你的性命！”

索科斯马上掉头逃命，却依然没能逃脱奥德修斯的长矛。这位年轻的勇士一头栽倒在地，只听见他身上的盔甲随之发出叮叮当当的声响。

“这都是命运的安排啊，索科斯，”奥德修斯说，“荣耀最终还是属于我，而你将坠入地狱。”说完，他用力拔出了身上的长矛，鲜红的血液喷涌而出。特洛伊人振作起来，再一次包围了奥德修斯。奥德修斯向同伴发出呼救，三次都被墨奈劳斯听到了。

“奥德修斯需要我们的帮助，”墨奈劳斯对埃阿斯说，“哎呀，看那边，他已经被特洛伊人团团围住了。”

二人立刻冲到奥德修斯的身边，让他免遭敌人的袭击。特洛伊人被城墙般威猛的埃阿斯吓退了。墨奈劳斯紧紧抓住奥德修斯的胳膊，带着他回到安全的阿开亚阵营之中。与此同时，愤怒的埃阿斯正在对受伤的奥德修斯开展着猛烈的报复。不少特洛伊人因此去了哈迪斯的冥府。

一脸杀气的埃阿斯所向披靡，就连赫克托耳见了他，也远远地避开。在伊达山上目睹了这一切的宙斯分别将不祥的预感和勇气植入埃阿斯和特洛伊人的内心，因此埃阿斯产生了退却的念头，而特洛伊人则乘胜追击。担心战船有危险的埃阿斯决定撤退。他将盾牌背到身后，而特洛伊人则一直追赶着他。一路且战且退，埃阿斯终于退回到了岸边。

看到阿耳吉维人的将领陆续负伤，阿开亚人越发士气不振，而特洛伊人则愈战愈勇。

“兄弟们，”赫克托耳大喊道，“宙斯站在我们这边！向前冲吧，就让我们越过这道壕沟，捣毁阿开亚人的护墙，把他们的战船烧为灰烬吧！”

听到统帅的命令，特洛伊人的杀气更是势不可当，顿时就把阿开亚人吓得落荒而逃。跳下马车越过壕沟的特洛伊人在护墙边与阿开亚人展开了殊死搏斗。他们中有人试图爬过去，也有人想要强闯，但无论如何都无法冲破对方的护墙。一场残酷的争斗持续发酵，特洛伊人没办法取得突破，而阿开亚人也始终未能成功击退来势汹汹的敌人。

正当站在护墙边堤岸上的赫克托耳要率领特洛伊人全面进攻时，一只矫健的雄鹰出现在他左上方的天空中，鹰爪里还抓着一条大蛇。突然，大蛇一个转身，狠狠地咬住了雄鹰。接着，受伤的雄鹰松开了脚爪，大蛇掉落在了特洛伊人的阵营中。

见到这番场景，波吕达马斯对赫克托耳说：“这是宙斯发出的信号。雄鹰捕食却反被伤害的这一场景预示着我们现在必须马上停止战斗，不然，最后只会像那只雄鹰一样徒劳无获。这一切都是显而易见的，任何一位先知都会对你们说同样的话。”

“波吕达马斯，你根本不知道自己在说些什么。为什么我不相信宙斯亲口对我许下的承诺，反而要去相信一只凭空飞来的鸟？我才不会理会什么征兆呢，不管那只鸟是迎着黎明飞向右边，还是迎着黄昏与黑暗飞向左边。这些都意味着我们要像雄鹰一样为国而战！”

说完这些话，赫克托耳就率领呼喊着的特洛伊人像狂风一样横扫战场了。许多特洛伊人爬上护墙与敌人对战；有的特洛伊士兵围在护墙脚下，用铁棍挖撬墙边的基底；还有的战士们围在一起试图推倒塔楼。可是，他们全都遭到了阿开亚人的顽强抵抗。其中斗争最为惨烈的莫过于墨奈修斯率领的雅典人与萨尔珀冬和格劳科斯率领的鲁基亚人在碉堡上展开的殊死斗争了。埃阿斯和丢克耳赶来援救墨奈劳斯的人马，可正当他们想要保卫城墙时，宙斯指挥赫克托耳向护墙的大门发起了猛攻。

“前进啊，特洛伊战士们！冲破阿开亚人城墙的时刻到了！”赫克托耳吼叫着。他抓起一块硕大无比的尖角石头，用尽全身气力再加上宙斯赐予他的神力向阿开亚人的木门砸去。木板顿时裂成了碎片，旁边的铰链也随之断裂，两扇门板在撞击下轰然落地。满脸怒火的赫克托耳第一个破门而入，其他特洛伊人紧随其后。他们翻墙而过，打算推倒这护墙。此时阿开亚人只得仓皇逃窜到海边的战船上。

宙斯的目的实现了，他心满意足地停止了对这边战事的关注，目光渐渐地从特洛伊人的身上转移到了广阔的色雷斯半岛。眼看宙斯的注意力转移了，一直关心着阿开亚人悲惨遭遇的波塞冬立刻来到了阿开亚人的军营中，决心帮助他们摆脱困境。他先是化身为卡尔卡斯，找到了两位埃阿斯，重新激励起二人心中的斗志，鼓励他们冲到阵前与赫克托耳对决。

然后，他又跑到被战事折磨到哀号不止的阿开亚士兵之中，大声朝其中的安提洛克斯、墨里俄奈斯和托阿斯等人喊道:“我真为你们感到羞耻啊，阿开亚人！你们个个都年轻力壮，却不为保卫战船而奋勇拼搏。有谁能相信，那些曾经不敢应战、只敢躲在城墙后面的特洛伊人，现在居然可以冲破我们的护墙，直捣我们的战船？这都怪阿伽门农惹怒了阿喀琉斯这位大英雄。可我们也不能因此丧失了与特洛伊人战斗的勇气啊！我从来不会浪费时间去斥责那些懦弱的胆小鬼，可是今天，看着你们这些有勇有谋的壮士就像蝇头鼠辈一样毫无作为，我实在是气不过。”

波塞冬的这番话正是阿开亚人此时最需要的。阿开亚战士们立刻站了起来，拿起盾牌和长矛，加入两位埃阿斯率领的战斗大军。阿开亚人奋力抵抗，赫克托耳率领的特洛伊大军丝毫没能靠近他们的战船。

看到阿开亚人在波塞冬的帮助下逐渐扭转了败局，赫拉也想出了一个诡计来麻痹宙斯。

沐浴之后，赫拉用香水擦遍了全身，将自己打扮得华美异常。接着，她又找到了阿佛洛狄忒，骗她说俄刻阿诺斯和泰西斯夫妻二人因为吵架而分居了，所以，她特地来借那条能够激起任何人心中爱意的腰带让他们夫妻二人重归于好。事实上，赫拉是想用这条腰带来诱惑自己的丈夫宙斯。赫拉说服睡神修普诺斯和她一起来到了伊达山。接着，她轻轻走到丈夫身边，修普诺斯则躲在了一棵冷杉树后。

宙斯一见到精心打扮的赫拉，顿时惊喜不已。看着姣美动人的妻子，宙斯立刻就把其他事情全都抛到了脑后，一心只想陪伴在她身边。

赫拉假装什么都不知道，微笑着告诉宙斯，她只是路过，还要赶去调解俄刻阿诺斯和泰西斯之间的不和。

“你可以改天再去看他们啊，”宙斯嘟囔道，“现在先留下来吧。我们见面的机会太少了，我很想你。”

赫拉的小把戏成功了。在睡神修普诺斯的帮助下，这位奥林匹斯山上的王

者很快就在她的身边睡着了，没有任何力量能叫醒他。

完成任务之后，修普诺斯又加速飞到波塞冬的身边。

“宙斯已经熟睡了，”他告诉波塞冬，“要过很久他才会醒过来。现在，你可以无所顾忌地将胜利赐予阿开亚人，帮助他们攻打特洛伊人了。”

刹那间，海神波塞冬便化身为凡人，混入了阿开亚人的军营，再次点燃他们的战斗热情。与此同时，雅典娜女神召集阿伽门农以及其他受伤的将领走出帐篷，投入战斗之中，希腊人的战斗勇气因此大增。两位埃阿斯、丢克耳、伊多墨纽斯、墨里俄奈斯和墨奈劳斯以及安提洛克斯等人愤怒地冲向特洛伊军队。尽管另一边的赫克托耳、埃涅阿斯、帕里斯以及萨尔珀冬也奋力抵抗阿开亚人的进攻，却徒劳无功。光是大埃阿斯一人就已经制造出极大的破坏。赫克托耳勇敢地冲到他面前与之对战，他瞄准对方并投掷出长矛，可长矛击中的是对方厚厚的盾牌和胸甲，大埃阿斯躲过一劫。

大埃阿斯并没有因此而害怕，他从地上捡起一块磨盘一般大小的岩石，用蛮力朝赫克托耳砸了过去。被巨石击中的赫克托耳仿佛一棵高大的橡树被宙斯的闪电劈中，倒在了地上。他的长矛从手中滑落，盾牌和头盔也掉到了地上。不过，波吕达马斯、埃涅阿斯和萨尔珀冬以及格劳科斯及时冲了过来，在阿开亚人拖走他之前把他带走了。

赫克托耳受伤对特洛伊人来说是一个沉重的打击，丧失斗志的他们在达奈人的猛攻之下四散奔逃、溃不成军。

就在这时，赫拉身边的宙斯醒了。他看到凡间的战事后，简直不敢相信自己的眼睛。被阿开亚人追赶着的特洛伊人不停逃窜，负伤退出的赫克托耳正虚弱地躺在地上喘着粗气，不时吐出鲜血。

宙斯不禁十分恼火，但他知道自己还是应该向赫拉解释一下。

“这是我对忒提斯的承诺，”宙斯解释道，“我会一直帮助特洛伊人，直到阿喀琉斯重新赢回荣誉。如果之后还有哪位神灵胆敢帮助阿开亚人，我一定会让他后悔！”

接着，宙斯让伊里斯命令波塞冬立刻离开战场。然后，他又叫来了阿波罗，对他说：“拿着我的盾牌，在阿开亚人面前奋力挥舞，直到把他们击退。然后找到受伤的赫克托耳，让他重新恢复战斗力，把阿开亚将士杀退到战船边。”

阿波罗十分高兴地接受了宙斯的指令。他先是找到赫克托耳，将新的战斗活力注入他的体内，然后命令他率领战士再次杀入敌营。随后，他又来到阿开亚人的战壕前，在护城河前冲开了一条大路，还拆毁了其中的一段护墙，为特洛伊的人马打开了冲锋的通道。

在赫克托耳的带领下，特洛伊人涌入阿开亚人的阵营中。面对这突如其来的袭击，阿开亚人措手不及，纷纷慌乱地逃开了。不过，勇敢的托阿斯联合埃阿斯和墨里俄奈斯以及其他阿开亚勇士形成一道人墙，挥舞着手中的长矛，英勇对抗敌人的攻击。特洛伊人源源不断地向护墙这边冲杀过来，阿开亚人也毫不示弱，不断击退敌人的袭击。尽管两军死伤都十分惨重，战斗却没有丝毫的进展。就在这时，阿波罗拿出了宙斯的盾牌，狂吼一声，向阿开亚人猛冲过去。这凶猛的阵势马上就把阿开亚人吓得四散跑开，而取得优势的特洛伊人则见机拦杀敌人的溃败逃兵。

“冲到船上去！”赫克托耳大喊道，“不要管那些尸体和战利品。烧毁敌人战船的时刻到了！”

然而，埃阿斯和丢克耳以及一些勇敢的阿开亚士兵也在船上以顽强的毅力进行着反击，他们不断向驾着马车迎面而来的特洛伊军队投射长矛。

在这场愈演愈烈的殊死搏斗中，赫克托耳向他的士兵喊道：“兄弟们，展现出你们的男子汉气概吧！为了在战场上牺牲的兄弟们，为了自己的妻儿，为了我们美好的家园，冲啊！”

另一方，埃阿斯也在大声鼓舞着阿开亚人：“我们只有像个英雄一样战斗才能得救啊。如果赫克托耳烧毁了战船，那我们就再无获胜的希望了，再也无法穿越无边无际的大海与家人团聚了。在这个生死存亡的时刻，勇士们冲啊！”

他的话再一次激起了阿开亚人的斗志。战士们纷纷向前，击退了敌人的进攻。可是这时，赫克托耳已经冲到了战船边并爬上了其中的一艘，呼喊着同伴将火把拿来。这就是第一位倒在特洛伊土地上的阿开亚英雄普罗忒西劳斯曾乘过的船。

十二名特洛伊勇士冒着生命危险，试图接近这艘船，结果却全都死在了埃阿斯的反击下。埃阿斯手中的长矛比普通长矛足足长了一倍。尽管如此，阿开亚人面临的进攻还是越来越猛烈了。

这时，在阿喀琉斯的帐篷里，帕特罗克洛斯不禁为无数阿开亚人的悲惨命运而哀叹。

“你一点同情心都没有吗？”他责问固执己见的阿喀琉斯，“珀琉斯和忒提斯可生不出你这样的儿子。你一定是愤怒的大海和冷酷的岩石结合生下的孩子，不然你怎会眼睁睁地看着自己的同胞惨遭敌人的杀戮而无动于衷呢？如果你还是放不下内心的愤怒，那就让我率领密耳弥多涅将士们加入战斗吧。我只希望你能把战甲借给我，好让特洛伊人把我误认为是你，从而仓皇地逃离战场。”

阿喀琉斯思量了很久，最后同意了。

“但是一旦你将特洛伊人从船边赶走，就要尽快返回，”阿喀琉斯警告道，“千万别被胜利冲昏了头脑，一路追杀被你打败的特洛伊人，留他们在平原上交战吧。我不能让你冒着生命危险为阿伽门农效力，他是我此生最痛恨的人。”

与此同时，在宙斯的意志之下，船上的埃阿斯已经渐渐支撑不住了。利箭和长矛就像暴雨一样猛扑过来，不断地冲击着他的盾牌。他尽可能抵抗着箭雨的攻击，那只紧握盾牌的手臂此时已麻木无力，汗水早已浸湿了他的全身，连呼吸声也变成了痛苦的喘息。可是特洛伊人的进攻一阵猛过一阵。

这时，赫克托耳挥起粗重的战剑，向埃阿斯手中的长矛猛挥下去，斩断了锋利的矛尖。失去了武器的埃阿斯不得已只好退出战斗，阿开亚人的抵抗也随之消减了。于是，赫克托耳高举火把，点燃了战船。可是他并不知道，这才是宙斯期盼已久的。随着滚滚浓烟腾空而起，宙斯对特洛伊人的帮助也画上了句号，特洛伊城的悲剧由此开始了。

事实上，在大火将普罗忒西劳斯的战船吞没前，席卷而来的密耳弥多涅人就将特洛伊人吓退了。帕特罗克洛斯站在阿喀琉斯的战车之上指挥战斗，为他驾驭那两匹神马的正是无人能及的驭手奥托墨冬[①]。

特洛伊人见到帕特罗克洛斯的时候，还以为是可怕的阿喀琉斯来了，顿时吓得落荒而逃。帕特罗克洛斯停下来扑灭大火之后，就立刻向敌人逃跑的方向追击上去。特洛伊人一直撤退，即使后来他们意识到这位勇士并不是阿喀琉斯的时候，依然是没命地逃跑。

几乎绝望的阿开亚人燃起了新的斗志，他们重新振作精神，击退了护墙上以及壕沟中的敌人，将战场由船边再一次转移到了平原之上。在其他没有受伤的阿开亚将领的配合下，帕特罗克洛斯又杀死了不少特洛伊人。

在帕特罗克洛斯的攻击下，死伤最为惨重的就是鲁基亚人。

"鲁基亚勇士们，我真为你们感到羞耻，"萨尔珀冬大叫道，"还不坚守住自己的阵地，奋勇杀敌！我倒要看看这个让我们功亏一篑的人到底是谁！"说完，他就跳下了战车。

帕特罗克洛斯也从战车上跳了下来。

宙斯见状，顿时倍感哀痛，身为萨尔珀冬的父亲，他知道儿子注定要在接下来的这场对决中死在敌人手中。他甚至想将萨尔珀冬带离战场，却被赫拉阻止了。

"我和其他的神灵都不会同意的，"她对宙斯说，"没有谁有权利改变凡人的命运，即使是你也不可以。你唯一能做的就是把他的尸体送回鲁基亚，让他能

① 阿喀琉斯的驭手和朋友。——编者注

够以应有的荣誉被埋葬。”

萨尔珀冬的死期不远了。虽然他率先投出了长矛，可是落空了。帕特罗克洛斯的回击却没有辜负主人的期望，萨尔珀冬就像一棵被樵夫砍倒的大树一样轰然倒地。格劳科斯想冲过去救他，可是已经太晚了。

“亲爱的格劳科斯，”只剩一口气的萨尔珀冬低声道，“保护好我的尸体，不要让他被敌人亵渎，也不要让他们夺走我的武器。”

接着，格劳科斯向其他特洛伊将领大声呼救。波吕达马斯、埃涅阿斯和赫克托耳赶忙冲到了英雄的身边，在英雄的尸体旁形成一道人墙。

不过，帕特罗克洛斯也叫来了埃阿斯和丢克耳、墨里俄奈斯以及其他阿开亚人，他们也纷纷赶来想要抢夺萨尔珀冬的武器。一场惨烈的争斗在萨尔珀冬尸体旁展开了。宙斯看着他们争夺自己儿子的尸体，就在他们打得不可开交时，宙斯决定让帕特罗克洛斯得到萨尔珀冬的武器。不过，他也同时命令睡眠和死亡两位神灵将儿子的尸体送回了鲁基亚。这位英雄得以被家乡人厚葬，为他筑坟树碑。

围绕在萨尔珀冬尸体旁的战斗结束后，帕特罗克洛斯命令奥托墨冬驾驶战车再次冲向了特洛伊人。被胜利冲昏头脑的他已经完全忘记了阿喀琉斯的劝告。他一路追杀到城门下，对特洛伊人造成了不小的伤害。要不是有阿波罗的帮助，也许他真的就可以攻陷特洛伊。帕特罗克洛斯一次又一次试图爬上那高耸的城墙，可是每一次都被阿波罗打了回来。

最后，阿波罗大喊道："退回去吧，勇敢的帕特罗克洛斯。你是无法凭一己之力攻克特洛伊城的，阿喀琉斯也不行，虽然他比你更强悍。"

在神灵的命令下，帕特罗克洛斯表示服从并撤退了。与此同时，赫克托耳也正在斯卡亚大门边的战车上犹豫着，思考自己应该率领军队重新杀入战场，还是应该让特洛伊大军撤回城墙之后。正当他徘徊时，阿波罗化身为凡人，鼓励他再次上阵杀敌。与此同时，帕特罗克洛斯仍像着了魔一样在战场上拼杀。一连三次，每一次都有九名特洛伊壮士丧生在他的攻击之下。

可是，英雄光靠着勇猛是远远不够的。当帕特罗克洛斯第四次杀向人群的时候，死神已经悄悄向他张开了怀抱。阿波罗再次出现了，他施展神力在帕特罗克洛斯的背后猛击了一掌，致使帕特罗克洛斯眼前一片模糊。阿波罗又打落了他的头盔，扯下了他的胸甲，把他手中的长矛折成两半，让他成了一个手无寸铁的猎物，完全暴露在猎人的面前。

接着，已经杀了二十名阿开亚人的欧福耳波斯冲了过来，将长矛刺进了帕特罗克洛斯的身体。帕特罗克洛斯并没有就此倒地。不过，欧福耳波斯从他身上拔出长矛之后，便退回到阵营中，不敢直视他。

然而，帕特罗克洛斯最终还是被赫克托耳那可怕的长矛击中。他就像一棵高大的松树轰然倒地，刺耳的撞击声在天空中回响。英雄的逝去引起阿开亚军中一片悲痛。

赫克托耳站在帕特罗克洛斯旁嘲讽道："不幸的笨蛋啊，你竟还想扫荡特洛伊，奴役我们的女人！现在你要完蛋了，我发誓特洛伊绝不会落在你们手上！"

"你就尽情吹嘘吧，"帕特罗克洛斯气喘吁吁地说，"但是杀死我的是阿波罗，而不是你。否则，即使有二十个赫克托耳跑来向我挑战，我也不会让他们活着说出这些妄言。别高兴得太早了，因为自然会有人杀死你为我报仇。"

说完，死亡便蒙上了他的双眼。

"别想预言我的末日，"赫克托耳对着死去的帕特罗克洛斯说，"你怎么知道你所说的那个人就不会先死在我手里呢？"

说完，他就向奥托墨冬扑了过去。可在此之前，阿喀琉斯的神马早已把他带到了安全的地方。

第一个冲上去保护帕特罗克洛斯尸体的是高贵的墨奈劳斯。欧福耳波斯马上跳到他面前与之对抗。

"退回去，墨奈劳斯，不然我会送你赴死。我是最先打倒帕特罗克洛斯的人，他的武器是我应得的。"

"欧福耳波斯，你是一个勇猛的射手，"墨奈劳斯反驳道，"虽然你的兄弟呼裴瑞诺耳也是一名勇猛的战士，可他也死在我的刀下。潘苏斯的两个儿子真是一样的傲慢自大。呼裴瑞诺耳当初也像你这样对我如此轻蔑，说我是所有阿开亚人中最可耻的人。结果他为自己的自大付出了生命的代价，现在，他的妻子一定正抱着他的尸体痛哭不已呢。给我滚开，否则你会为自己的鲁莽感到后悔的。”

欧福耳波斯却站在原地，率先投出了手中的长矛，但是这一击落空了；另一边，墨奈劳斯也拿起武器给欧福耳波斯带来了致命的伤害。就这样，潘苏斯的儿子丢了性命也丢了武器。

欧福耳波斯倒下的时候，赫克托耳率领强大的特洛伊部队跑上前去抢夺他的尸体。墨奈劳斯环顾四周，知道自己寡不敌众，便先行退了回去。赫克托耳抓住时机，夺走了帕特罗克洛斯那套原本属于阿喀琉斯的绝佳武器。但在埃阿斯的陪同下，墨奈劳斯返回到英雄的尸体前。赫克托耳一见到他们二人前来，尤其是身形魁梧的埃阿斯，自知不敌对方，便撤退了。

“赫克托耳，你真是个懦夫，”格劳科斯大喊道，“根本就不值得‘英雄’的称号。这也是阿开亚人夺走了萨尔珀冬的武器的原因。若不是你们有神灵相助，他们一定还会抢走他的尸体。”

“格劳科斯，你的确骁勇，却不应该说出这样的话。让我胆怯的并不是埃阿斯，而是宙斯。哪怕是最勇猛的英雄，也会被宙斯的威慑吓跑。如果你认为我没有勇气抢回帕特罗克洛斯的尸体，那就等着瞧吧。”

说完，赫克托耳又转身向特洛伊士兵们喊道:“冲啊，特洛伊英雄们！在我披上阿喀琉斯的战甲之时，千万不能让敌人抢走帕特罗克洛斯的尸体！”

赫克托耳飞快地换上了阿喀琉斯那套闪亮的战甲，又一把抓过盾牌，加入了激烈的战斗。

看见敌人佩戴着阿喀琉斯的铠甲，墨奈劳斯十分痛心。那套铠甲本是神灵们送给珀琉斯的礼物，珀琉斯又将其赠予了阿喀琉斯，为了助阿尔吉维人一臂之力，阿喀琉斯又把它借给了好友帕特罗克洛斯。

然而，现在这套精美的铠甲却在赫克托耳的身上闪闪发光。不过，他很快又想到了死去的帕特罗克洛斯。眼看着特洛伊人就要逼近，身边只有埃阿斯相伴的墨奈劳斯用尽全身的气力向阿开亚将领们喊道："英雄的达奈人！要是帕特罗克洛斯的尸体落到敌人手中，我们一定会痛不欲生！"

众将领听到呼救后，第一时间冲了过来。不过，最快的还要属俄伊琉斯的儿子，小埃阿斯。看到阿开亚将士们逼近，特洛伊人匆忙上前想拖走尸体，不过两位埃阿斯冲过去击溃了他们。特洛伊人再次围了上来，赫克托耳也向大埃阿斯投出了长矛，却以分毫之差与之擦肩而过，击倒了他身边的福基斯勇士斯凯底俄斯。埃阿斯又杀死了福耳库斯作为回敬，特洛伊人再次被吓得撤退了，赫克托耳也随之回撤。

接着，阿开亚人乘胜追击。如果不是阿波罗帮着杀死了一位阿开亚将领，从而再次激发了特洛伊人的战斗激情，也许阿开亚人就要将特洛伊人逼退了。战争的焦点又一次聚集到帕特罗克洛斯的尸体上。一会儿特洛伊人占了上风，一会儿阿开亚人又占据了优势，任何一方都不愿意首先放弃。

阿开亚人不断地告诫自己："就算大地崩裂吞噬我们，也要好过帕特罗克洛斯的尸体被敌人抢走污辱。"

特洛伊人也互相鼓励说："即使我们注定要死在敌人手里，能为抢回帕特罗克洛斯的尸体而死也算是值得的。"

在不远处，那两匹神马像是知道英雄逝去一样，悲痛地仰天嘶鸣。奥托墨冬用尽所有动听的语言去宽慰这两匹战马，它们却只是麻木地站在车轴间一动不动。眼前的战事还未消退，它们却只是低垂着头，滚烫的热泪不断从眼中涌出，把地上的泥土打湿了一大片。

最后，埃阿斯决定将帕特罗克洛斯的死讯告诉阿喀琉斯。此时，墨奈劳斯正在帕特罗克洛斯的尸体旁奋战，根本没办法抽身。于是，埃阿斯找到了奈斯托尔的儿子。还不知道帕特罗克洛斯已经阵亡的安提洛克斯听了他的话既震惊又难过，他将这个惨痛的消息带给了阿喀琉斯。

立即返回战场之后，墨奈劳斯对埃阿斯说："我担心阿喀琉斯还是不会来，因为他已经没有武器了。我们必须好好想想，怎么能抢回尸体，又免受死亡威胁。"

"你说得对。最好的办法就是你和墨里俄奈斯跑去扛回帕特罗克洛斯的尸体，而我和其他的人负责杀退特洛伊的追兵。"

兵分两路，墨奈劳斯和墨里俄奈斯扛回了帕特罗克洛斯的尸体。在将士们的掩护下，他们飞快地向战船那边跑去。看见尸体被敌人抬走，特洛伊人立刻奋起直追。

战事再次紧张起来。两位埃阿斯拦住了特洛伊人，但赫克托耳与埃涅阿斯又对敌人穷追不舍。一时间，似乎这场争夺将要永无休止地进行下去了。

而阿喀琉斯也终于看到战友归来，可密耳弥多涅人阵形散乱地向他走来。他担心好友已经遭遇不测。

"他没有听从我的劝告，"阿喀琉斯叹息道，"勇敢的帕特罗克洛斯肯定被敌人杀害了。"可他不愿意相信这个事实。

就在这时，奈斯托尔之子赶到了他身边，向他传递了那个不幸的消息。一瞬间，巨大的悲痛席卷而来，吞噬了阿喀琉斯。悲恸万分的他猛地抓起一把尘土，撒落在自己的头上，弄脏了那张原本英俊的脸庞。接着，他又重重地倒在了地上，不停抓扯自己的头发。

突然，阿喀琉斯发出一阵可怕的怒吼声。这声怒吼在天地之间回荡不已，也传到了广袤的深海里。女神忒提斯听到后从水面升起，含着泪水询问阿喀琉斯到底遭受了什么不幸。

"母亲，我最心爱的朋友帕特罗克洛斯死了，他是我最敬重的战友。我不仅失去了他，还失去了我所有的武器。赫克托耳杀死了他，趁机抢走了我那套世间绝无仅有的战甲和武器。母亲，除了悲伤，我什么都无法给您。我知道自己的时日已经不多了，但就算如此，我也一定要先将赫克托耳打倒。至于其他的

一切，现在对我来说都不重要了。”

深知儿子注定会英年早逝的忒提斯没有办法阻止厄运的到来。但女神向儿子承诺，当明天早晨的第一束阳光照向大地的时候，她会把一套由工匠之神赫菲斯托斯亲手锻造的不朽铠甲送到他的面前。

随后，她便立即飞上奥林匹斯山，向著名的神匠求取新铠甲。而此时，阿开亚人依然在争夺帕特罗克洛斯的尸体，同不依不饶的赫克托耳、埃涅阿斯还有其他特洛伊人进行着顽强的抵抗。赫克托耳三次抓住了帕特罗克洛斯的脚，却又三次被两位埃阿斯给打退回来。但是，就好比一只饥饿的雄狮绝不会让猎物从眼前溜走，赫克托耳再次抓住了帕特罗克洛斯的尸体。此时，赫拉及时出现，告诉阿喀琉斯前往护城河亮相，她想要以此吓退特洛伊人，从而为战场上的阿开亚人赢得喘息的机会。

阿喀琉斯听从了女神的建议，来到了东边的护城河旁，他向着战场狂吼一声；与此同时，雅典娜也发出了震耳欲聋的叫喊声。这二人的叫声混合在一起，吓得特洛伊人仓皇逃窜，整个队伍顿时乱成一团。不过，最让特洛伊人惊骇的还是阿喀琉斯头上的那道神秘光环。十二名特洛伊勇士看到这道光环之后，竟被活活吓死了。阿开亚人则趁机把帕特罗克洛斯的尸体抬到了安全的地方，放到了尸架上。

阿喀琉斯在无声的悲恸中收下了好友的尸体，可是汹涌的泪水透露出他难以忍受的痛苦。

在赫拉的要求下，光明之神赫里俄斯匆忙收起了他那炽热的火球，降到地平线以下。激战的第三天也随着太阳落山而告一段落。正如宙斯所愿，这一天就是以阿伽门农和其他阿开亚将领的受伤作为开始，随着帕特罗克洛斯阵亡、最终在争夺英雄尸体的战斗中结束。

这天夜里，特洛伊将领们聚集在一起，商讨战事。阿喀琉斯重新披甲上阵，让每个人的心中都充满了不祥的预感。波吕达马斯建议，特洛伊人应该趁着夜色的掩护退回城内，赫克托耳却不同意。

“阿开亚人的战船停在哪里，我们的战场就在哪里。这也是宙斯的旨意，”他坚持道，“如果阿喀琉斯重返沙场，我一定会勇敢地向他挑战。狭路相逢勇者胜。我依然相信阿瑞斯是公正的，他会惩罚那些侵略我们家园的人。”

赫克托耳的这番话或许有道理，却并不明智。然而，雅典娜已经夺走了特洛伊人的判断力，所以根本没有人理会波吕达马斯刚才提出的明智建议。

与此同时，神匠赫菲斯托斯正在自己的宫殿里通宵打造阿喀琉斯的新战甲。这位工匠之神没有忘记当年他被母亲遗弃在莱姆诺斯岛上的时候，是忒提斯救了他。现在，他全身心地投入工作，以回报女神当年的恩情：“当世人看到这副战甲时，一定都会被它的光芒闪得眼花缭乱。”

第八章

阿喀琉斯的复仇之怒

天亮之前，赫菲斯托斯顺利地完成了任务。这套由纯金打造并嵌有银边的战甲在阳光的照射下闪烁着耀眼的光芒。在那面硕大无比的盾牌上，赫菲斯托斯雕刻了无数精美细致的图案和许多栩栩如生的人物形象。就连天上的神灵看到这套战甲，也会赞叹它的精致和美丽。

清晨，忒提斯将这套闪光的战甲送给儿子。正抱着帕特罗克洛斯的尸体痛哭不已的阿喀琉斯一看见母亲手中的新战甲，心中欣喜不已，复仇的时刻终于到了。

“穿上吧，”忒提斯说，“不过，你还是得先和其他阿开亚将领们商量一下。语气温和些，克制住你对阿伽门农的愤怒。我会亲自照看好你朋友的尸体，用仙液和油膏将它保护起来，绝不会让它腐坏。”

阿喀琉斯听从了母亲的建议。他走出帐篷，唤醒其他阿开亚将领准备开会。几乎所有的阿开亚人都跑着赶到了集会的地点，就连那些从没下过船的保管员和厨师都跑来了。尽管腿上的伤痛还未痊愈，可是狄俄墨得斯和奥德修斯得知这一消息后也立刻拄着拐杖赶来了。最后到达会场的是手臂上缠着绷带的阿伽门农。

看到大家都已经到齐，阿喀琉斯站起来说：“阿伽门农，我真希望我俩之间的争吵从来就没有发生过。特洛伊人正是趁此机会取得了优势。所有阿开亚人都记得我们之间那场争斗。不过，现在唯一重要的是我们必须重新团结起来，与敌人对抗到底。”

阿开亚人听了阿喀琉斯的话，都高兴得不敢相信。

“我常常为之前对你的侮辱而自责，”阿伽门农承认道，“发生那样的事情，其实并非我的本意，是无所不能的宙斯与恶毒的埃特女神让我迷了心窍。连万能的宙斯都无法对抗她的力量，更别说我们凡人了。阿喀琉斯，我现在就把昨天向奥德修斯保证要给你的礼物全都送给你。虽然我知道你现在求战心切，但还是让人把礼物全都拿来吧。”

奈斯托尔的儿子们跑去取来了所有的礼物，排在第一位的就是美丽的布律塞伊斯；她的身后是由阿伽门农精心挑选出来的七名心灵手巧的女子，这也是阿伽门农给阿喀琉斯赔罪的礼物。

布律塞伊斯一见到帕特罗克洛斯的尸体，就立刻扑倒在他身上，歇斯底里地失声痛哭。

“我走的时候你还活着，现在你却离我而去。哦，亲爱的帕特罗克洛斯啊，当不幸与死亡降临到我的家族，是你用那甜美的嗓音宽慰了我受伤的心灵，让我不再哭泣。你说你一定会让阿喀琉斯娶我为妻，在所有密耳弥多涅人的祝福下，在弗西亚为我们举行婚礼。”

布律塞伊斯边说着，泪水顺着她的脸颊不断地往下流，她身旁的女子们也默默哀叹，心痛不已。

战斗即将再次展开，全军先扎营用餐，唯独阿喀琉斯什么也没吃。幸好雅典娜注意到了这一点，将仙液和油膏注入他体内，才使这位英雄不会因为饥饿而无力作战。双方将士很快就已列队，准备迎战了。阿喀琉斯身着那套金光闪闪的战甲，登上了战车。奥托墨冬紧握缰绳站在他的身边，等待他一声令下，冲锋陷阵。

宙斯正在天上密切关注着一切，他告诉其他神灵，现在他们可以自行决定帮助哪一方了。宙斯希望看到的是一场势均力敌的战斗，以免阿喀琉斯在一怒之下提前攻克特洛伊城，改变命运女神的安排。

战斗再次打响。神灵们还保持着一定距离远远地看着，而阿开亚人在阿喀琉斯的率领下势如破竹，特洛伊人则连连败退。可是，当神灵们加入战斗之后，局势就发生了变化。宙斯在这边丢下一个响雷的同时，波塞冬也在拼命摇晃那边的土地。

在海神的摇撼之下，世间的一切，包括整个伊达山和特洛伊城，以及阿开亚人停在海边的战船，都无不为之战栗。地下的哈迪斯甚至担心，这样下去会引起大地崩裂，从而使得整个黑暗地府暴露于阳光之下。可是，这些混乱的景象并没能阻止阿喀琉斯寻找赫克托耳的脚步；只不过，埃涅阿斯先跳到了他面前。

“你哪来的勇气敢挑战我？”阿喀琉斯讽刺道，“难道你以为杀死我，老普里阿摩斯就会把他的王国交给你吗？别做梦了，他还有那么多的儿子等着继承王位呢。还有，难道你忘了当初在伊达山上你是如何被我打得落荒而逃的吗？所以，趁别人还没笑你这个鲁莽的蠢货胆敢挑战阿喀琉斯的时候，赶紧溜之大吉吧。”

“阿喀琉斯，你别以为这样就能吓倒我，毕竟我也可以侮辱你。可是，这又有什么意义呢？你我都知道，装了一百支桨的小船一定会因为不堪重压而沉没；同样，每个人都可以胡说八道，但是有什么用呢？你说出去的话最终一定会回到你的耳朵里！所以，我们俩不要像在街巷里争吵的家庭妇女一样喋喋不休了。如果一定要说，就让我们用手中的长矛来代替言语吧，让宙斯来决定我们谁将遭受灭亡，而谁又将赢得荣誉。”

决斗开始了。这二人先是用长矛互相攻击，接着换成利剑，甚至还用了石头。埃涅阿斯像个英雄一样奋勇抵抗，可他远不是阿喀琉斯的对手。尽管如此，他却坚持不肯撤退。

尽管对特洛伊人素来没有好感，可波塞冬开始有些坐立不安了。“阿喀琉斯一定会杀死埃涅阿斯的，”他自言自语道，“如果埃涅阿斯死了，宙斯一定会大发雷霆。因为命运女神早就决定埃涅阿斯将成为从大屠杀中生还的特洛伊人的统治者。”

说罢，波塞冬用云雾蒙住了阿喀琉斯的眼睛，趁机将埃涅阿斯带到了远离战场的地方。

阿喀琉斯马上便明白了，说道：“神灵们喜爱埃涅阿斯。人们没有说错，他真的是阿佛洛狄忒的儿子。”

说着，阿喀琉斯又继续率领阿开亚人与特洛伊人作战。与此同时，赫克托

耳也带领特洛伊人奋勇杀敌。一场全面的战斗即刻升温。然而，由于阿波罗的干预，赫克托耳无法接近阿喀琉斯并与之对战。眼下，阿喀琉斯已经杀进了特洛伊阵营之中，把整个军队劈成了两半，一半继续留在平原上，剩下的则被逼退到那条被神灵们称作“克珊托斯河”的斯卡曼德河边。血腥的战斗从平原上一直蔓延到河边，普里阿摩斯的两个儿子吕卡翁和波鲁多罗斯全都倒在了阿喀琉斯的长矛下。

一心只想着复仇的阿喀琉斯俨然成了一名铁石心肠的杀手，只有敌人的鲜血才能带给他一丝慰藉。尽管活捉了十二名特洛伊武士，阿喀琉斯却没有杀死他们。这并不是因为他突然大发慈悲，而是为了报复杀死好友的特洛伊人：他要在帕特罗克洛斯葬礼上，用他们来生祭死去的好友。

斯卡曼德河边的战斗气焰有增无减。密耳弥多涅人打得特洛伊人几乎溃不成军。阿喀琉斯还从没有杀死过这么多的敌人。河神克珊托斯的河域被鲜血染成了暗红色，河床都被尸体阻塞了。克珊托斯实在忍无可忍，他掀起汹涌的洪水，吞没了阿喀琉斯和他麾下的密耳弥多涅人。如果不是赫拉命令赫菲斯托斯用他那灼热的烈火将斯卡曼德河烤干，也许无敌的阿喀琉斯就真的葬身于洪水之中了。

意外得到了赫菲斯托斯的帮助之后，阿喀琉斯更是无所畏惧地将一腔愤怒发泄到特洛伊人身上，迫使他们逃到城墙后面。一直在城墙上关注着战事发展的普里阿摩斯见状，立刻命人打开城门，把士兵们放了进来。

筋疲力尽、口干舌燥的特洛伊人看见城门已开，再也无心恋战，纷纷从平原向城内撤退。可阿喀琉斯还是无情地追赶着，不时向他们投射长矛加以破坏。要不是阿波罗耍了一个小花招，悄悄地将勇气和信心注入了智者安忒诺耳之子阿格诺耳的心胸中，让他以为只要他出战就可以拯救特洛伊，那么阿喀琉斯一定会势不可当，横扫特洛伊。

自信满满的年轻人阿格诺耳迎着狂怒的阿喀琉斯走了上去，同时还投出了手中的长矛。长矛击中了对方的腿部，但是由赫菲斯托斯打造的这套举世无双的战甲此时却大显神威：矛尖只是轻轻地擦过了铠甲，并没有伤到阿喀琉斯。接着，阿喀琉斯立刻射出致命的一击。可就在矛尖快要碰到阿格诺耳的那一瞬间，阿波罗及时赶到，将他举起并把他藏在了云雾之中。接着，他又化身为阿格诺耳向平原跑去，从而把阿喀琉斯引到了远离城门的地方。等到神灵现出真身时，一切都晚了。愤怒的阿喀琉斯只能看着特洛伊人安全地撤回到了城里却无能为力。

不过，有一个人没有躲进安全的城墙之内，反而独自一人站在斯卡亚大门前。这个人就是赫克托耳。无情的命运让他不得不面对复仇心切的敌人。普里阿摩斯与赫卡伯就站在位于他头顶上的碉堡里，声泪俱下地恳求他进城避难，赫克托耳却装作没有听到。与此同时，阿喀琉斯也正飞快地赶来。

普里阿摩斯第一个认出了阿喀琉斯。在一身闪闪发光的盔甲的映衬下，阿喀琉斯就像是明亮的天狼星——那颗出现在秋季的夜空，却只给人们带来不幸的明星。

“如果神灵们也能像我一样希望他倒下就好了，”普里阿摩斯喃喃道，“豺狼和秃鹰会吃光他的尸骨，这样才能卸下我对我那些勇敢无畏的儿子们的哀思。”

可是，神灵们并没有这样的安排。阿喀琉斯就像一头饥饿的雄狮发现了猎物一样，咆哮着冲了过来。可不幸的赫克托耳此时竟然像脚底生了根一样，定在原处，只能直面猛冲而来的阿喀琉斯。他的脑海里闪现着一个念头：“如果我现在退回到城内，波吕达马斯一定会立刻跳出来指责我之前不听他的劝告。因为没有听从他的警告，特洛伊人遭遇了这毁灭性的灾难。现在，除了迎战阿喀琉斯，我已经无路可退。面对阿喀琉斯，不是我杀死他拯救全特洛伊，就是我为这座神圣之城赴死。”

然而，看到阿喀琉斯全副武装地猛冲过来，那身金光闪闪的铠甲宛如一团燃烧的烈火时，赫克托耳突然勇气尽失，根本无法迎战。结果，他沿着城墙落荒而逃，阿喀琉斯在后面穷追不舍。

赫克托耳的速度一点也不比阿喀琉斯逊色，他先是跑过瞭望塔，塔边的无花果树正迎风摇曳；接着，他又沿着马车道一路跑到了斯卡曼德河的源头。在那里，两泓清澈泉水喷涌而出，一冷一热。在战争爆发之前，特洛伊的妇女们常常会带着她们美丽的女儿来这儿浣洗衣袍。可是现在，这里成了两位勇士的赛跑场，而这场比赛的奖品既不是一只烤好的公牛，也不是什么上好的毛皮，而是赫克托耳的性命。正如小鹿无法逃脱猎狗的追捕，赫克托耳也无法躲避健步如飞的阿喀琉斯。

尽管赫克托耳好几次都想从塔楼躲进城门，可是阿喀琉斯总能把他逼回到平原。正如噩梦中你无法摆脱追踪者、而追踪者又总抓不到你一样，特洛伊城墙之下，无论阿波罗怎么暗中使力帮助赫克托耳，他都不能成功逃脱阿喀琉斯的追捕。与此同时，阿喀琉斯示意自己的部队，谁也不准放箭，以免让他失去这个赢得荣誉的机会。

就这样，他们俩围着特洛伊城跑了整整三圈。当他们再次到达泉边的时候，宙斯拿出了那架金色的天平，在两边压上了两个象征二人命运的筹码。结果，摆着赫克托耳命运筹码的那一边重重地落了下来，直指哈迪斯的冥府。阿波罗见状，选择不再支持赫克托耳。蓝眼睛的雅典娜也从奥林匹斯山上飞了下来，结束了这场永无休止的追逐。

“阿喀琉斯，停下来喘口气吧。”雅典娜对他说，“杀死赫克托耳的时候到了，为我们赢得荣光吧。”

说完，雅典娜便来到赫克托耳的身边，化身为他的兄弟代福波斯的模样，鼓励他迎战阿喀琉斯。

“我不会再逃跑了，阿喀琉斯，”赫克托耳大喊道，“我的灵魂催促我与你战斗。一决高下的时候到了。但是，我们先当着神灵的面发誓吧。如果你输了，你的铠甲和武器将归我所有，但我会把你的尸体还给阿开亚人；如果我输了，你也要以同样的方式对待我。”

阿喀琉斯用恶狠狠的怒视回击了他的花言巧语："赫克托耳，我永远都不会忘记你的所作所为，"他怒吼道，"不要和我谈条件。就像人不会和狮子谈条件，狼也不会和山羊讨价还价一样，我绝对不会和你交换任何承诺。现在，我们之间必有一人死在这里。记住，一定要表现得像一名勇敢无畏的射手。不过，你逃不掉的，因为雅典娜女神会一直在我的身边帮助我。你刺死了我的战友，而现在我要为他报仇雪恨了！"

接着，不给赫克托耳思考的机会，阿喀琉斯就投出了可怕的矛枪。英勇的赫克托耳飞快地一侧身，锋利的矛尖扎到了地上。雅典娜立刻将它拔出，交还到阿喀琉斯的手中，赫克托耳却没有注意到，只是说："看，阿喀琉斯，你没有击中我，还吹嘘自己有神灵的庇佑。你以为你能吓倒我吗？你是不是以为我会转身就跑，然后你就能从后面用剑杀死我了？不可能！从正面进攻才是真英雄。不过，先要看你能不能逃得过我这一矛。啊，真希望它能刺穿你！如果你这个带给我们灾难的人能被我打倒，那么对特洛伊人而言，这场战争就会变得容易得多！"

就这样，赫克托耳狠狠地扔出了手中的长矛，正中阿喀琉斯的盾牌。可是，就凭这普通的长矛又怎能刺穿由神灵打造的盾牌呢？悲哀的赫克托耳眼睁睁地看着长矛被盾牌弹回，远远地落在地上，而他已经没有其他长矛了。

"代福波斯！"赫克托耳喊道，"把你的长矛给我！快！"可是他的身后除了空气，什么也没有。他的兄弟此时正躲在远处的碉堡之中。

"雅典娜欺骗了我，"赫克托耳喃喃道，"除了死亡，我身边已无旁人，可我还是会战斗下去！"没有片刻犹豫，赫克托耳马上拔出锋利的战剑，就像搏击长空的雄鹰向地上的羔羊俯冲而去一样，他以前所未有的速度向阿喀琉斯猛扑过来。

与此同时，心中满是仇恨的阿喀琉斯也进行了反击。正如在夜空中闪耀的长星一般，阿喀琉斯的矛尖也闪闪发光。他手持长矛不断攻击着赫克托耳。阿喀琉斯心中的愤恨喷涌而出，他的敌人正穿着从帕特罗克洛斯身上夺走的那套

原本属于自己的战甲，但是他发现赫克托耳的脖子上有一小块皮肤暴露在铠甲之外。虽然只有很小的一块，却足以致命。就在赫克托耳准备孤注一掷进行反击时，阿喀琉斯无情地将长矛刺进了他早已瞄准好的部位。这并没有立刻夺去赫克托耳说话的能力，他颤抖着滚落到了尘土中。

阿喀琉斯得意地站在他的身边，大喊道："所以，赫克托耳，你是不是以为杀了帕特罗克洛斯之后可以逃之夭夭了。真是愚蠢的人，你大错特错。因为还有一位更加勇敢的复仇者要为他报仇雪恨呢。如今，野狗和秃鹰会把你的尸体吞食得一干二净，而阿开亚人则会用帕特罗克洛斯应得的荣誉为他举行葬礼。"

"我恳求你，看在那些你珍惜的人和事物的分上，"气若游丝的赫克托耳低声说道，"不要让我的尸体被猎狗啄食。只要你把我的尸体交还给特洛伊人，我的父亲会给你所有的金银财宝。"

"别白费力气了，你这只豺狗，"阿喀琉斯无情地反击道，"你知道自己给我带来了多大的伤害吗？我真恨不得吃你的肉，喝你的血。在这个世界上，没有任何人和事能减轻我对你的仇恨。即使他们给我二十倍的赎金，我也决不会怜惜你。不，哪怕普里阿摩斯搬来与你等重的黄金作为交换，我也决不会把你的尸体还给他！你的母亲不会再有机会抱着你的尸体哭泣了，我要让豺狗和秃鹰啃食你的尸体，把你撕成碎片。"

赫克托耳用尽最后一点力气呻吟道："我知道无法说服你，因为你的心冰冷如铁。你这样做会惹怒神灵的，因为你自己离死期也不远了。"

说完这些话，死亡的阴影就蒙上了他的双眼，可是，阿喀琉斯对他的尸体说道："下地狱吧！如果宙斯和其他神灵想要收回我的性命，我自然会坦然接受。"

临走前，他从死者身上剥下了那套原本属于他的精美铠甲。其他阿开亚人纷纷围上来感叹赫克托耳那健美的体魄和英俊的面容。可当他们离去时，每个人都在英雄的身上留下了新的伤痕。"现在的赫克托耳可比先前听话多了，"有

人嘲弄道，“就是他用大火点燃了我们的战船！”

当阿开亚人围在赫克托耳的尸体旁进行新一轮的破坏时，阿喀琉斯想到了还未下葬的帕特罗克洛斯。突然，一个可怕的念头闪过。他挑穿了赫克托耳腿上的筋腱，用皮带把他的尸体绑在战车后面。接着，阿喀琉斯跳上战车，拿起从死者身上剥下的战甲，扬鞭策马。马儿们飞快地向前奔去，赫克托耳的尸体顿时就被卷起的尘土淹没了。他的头发乱成一团，那曾经英俊的面容变得污浊不堪，而且是被自己故乡的泥土染脏的。可是，这一切都是宙斯早已为他安排好的。

在碉堡之上，赫克托耳的母亲赫卡伯悲痛欲绝地将双手深深地插进头发里，普里阿摩斯则像一只受伤的动物一样痛苦呻吟。悲伤的情绪就像凶猛的大火一样迅速在全城蔓延开来。

而在宫殿里，赫克托耳的妻子安德罗玛刻还一无所知地沉浸在快乐的织布工作中，因为没有使者敢来告诉她赫克托耳在宫殿外的遭遇。可是当她听到满城的哀号声，便奔向城墙那边。在高高的碉堡上，她看到了令人震惊的一幕：赫克托耳竟然被两匹战马拖向阿开亚军营。

安德罗玛刻再也承受不住，她两眼一黑，晕倒在地。她苏醒后，顿时痛哭失声。她想到自己的不幸遭遇和赫克托耳的悲惨命运是如此相似。然后，她又想到他们的宝贝儿子阿斯图阿纳克斯，就算能逃过阿开亚人的屠刀，他也会像其他孤儿那样，在备受忽视和被人鄙视的环境中长大。

“啊，赫克托耳，”安德罗玛刻悲叹道，“难道这就是你的宿命吗？为特洛伊而战，最后却被无情的阿开亚人凌辱？”

当特洛伊人为赫克托耳举行哀悼时，阿开亚人也回到了各自的战船上，只有阿喀琉斯没有解散他的密耳弥多涅人。

“站在这里，让一身戎装的我们为帕特罗克洛斯哀悼吧，”阿喀琉斯说，“他受到的哀悼将是一名捐躯战士受到的最高礼节。等我们哀悼完，大家再卸下鞍辔，一起在此吃喝休息吧。”

话一说完，阿喀琉斯就发出一声痛苦的哀号，哀悼会开始了。密耳弥多涅人牵领着战马围着帕特罗克洛斯的尸体绕了三圈。隐身的忒提斯亲自使众人的泪水如泉水一般喷涌而出。密耳弥多涅人悲痛的眼泪不仅湿润了身上的盔甲，而且还浸湿了脚下的沙土。

“安息吧，帕特罗克洛斯！”阿喀琉斯喊道，“为了替你报仇，我已将赫克托耳的尸体带来了。我还为你准备了十二名特洛伊武士来生祭你！”说着，他一把揪住赫克托耳的头发，把他的尸体头朝下地扔到了帕特罗克洛斯的尸架旁。

哀悼会上，每个人悲痛到眼泪都要哭干了。之后，阿喀琉斯为众人准备了丰盛的丧宴，大家一起在船边共享了美食。

夜里，与赫克托耳的追逐让阿喀琉斯筋疲力尽，他平躺在沙地上，一会儿就睡着了。接着，在睡梦里，他看到帕特罗克洛斯站在他身边，恳求他尽快举行葬礼，好让他的灵魂在烈火中获得自由。

“将我火葬以后，”梦中的帕特罗克洛斯补充道，“一定要把我的骨灰放在你为自己准备的骨灰盒里。自从你父亲把我领进你家的大门之后，我俩就再也没有分开过，所以这一次，就让我们死后也一同做伴吧。”

阿喀琉斯被深深感动了，他伸出手臂想拥抱帕特罗克洛斯，可是除了空气，他的怀里什么也没有。阿喀琉斯醒来后，好友的话却深深地铭刻在他心中。葬礼的一切都会按照帕特罗克洛斯要求的那样进行。

黎明的第一缕阳光照向大地的时候，密耳弥多涅人便开始为火葬准备木柴。收集到大量木柴之后，他们把这些木柴高高堆成火葬时需要的柴堆。在庄严的哀悼中，他们把帕特罗克洛斯的尸体放在了柴堆的顶端。接着，阿喀琉斯上前割下了自己的一绺头发。他原本是要把它们献给河神斯裴耳开俄斯的，可是现在，他知道自己已经注定无法再回弗西亚了，于是他决定把这绺头发留给自己的好友。然后密耳弥多涅人又宰杀了许多牲畜，与尸体一同进行火葬。最后，阿喀琉斯亲手杀死了为生祭帕特罗克洛斯而抓来的十二名特洛伊武士。当时，阿喀琉斯还差一点为斯卡曼德河所吞没。

“安息吧，帕特罗克洛斯，”他大喊道，“即使是在最黑暗的地方。我已按照你的吩咐完成了你的葬礼。而赫克托耳的灵魂绝不会在烟火中得到自由，只有那些豺狗才会得到他的尸体。”

不过，天上的神灵不同意让这位特洛伊英雄的尸体遭到这般不堪的凌辱。阿佛洛狄忒日夜都守护在他身边，为他驱赶贪吃的豺狗，不断地将玫瑰香油涂抹在他的遗体上，使他的肌肤不至皱裂。阿波罗也找来一片乌云，为他遮住了暴晒的阳光，让他依旧能保持俊美的面容。

在北风之神和西风之神的帮助下，帕特罗克洛斯一点点消失在葬礼的烈火之中。阿喀琉斯不知疲倦地绕着柴堆走了整整一个晚上，不停将手中的美酒倾倒在地上，祭奠好友的亡灵，不时朝着天空发出悲戚的呼喊声。直到第二天清晨，启明星升上了天空，柴火渐渐熄灭之后，他才平躺在沙地上让筋疲力尽的身躯在睡意中得以休息。不久，黎明破晓，阿开亚将领全都来到燃灭的灰烬旁。

阿喀琉斯站起来，走向阿伽门农和其他将领。“阿特柔斯之子以及各位阿开亚人的统治者，”他说，“首先，请用美酒浇灭余火。然后，把帕特罗克洛斯的尸骨收捡起来。它们应该与其他尸骨区分开，置于柴堆的中央。再将它们存放到一个金瓮里，之后便等我的骨灰与他合葬。接着，为他修建一座高高的坟墓，等我入土时，再将坟墓加高加宽即可。”

所有人在阿喀琉斯的安排下办妥了一切，可阿喀琉斯仍然不想让他们离去。他希望能以帕特罗克洛斯的名义举办一场竞技比赛。阿喀琉斯也设置了品种繁多的奖品：大锅、三角鼎、骏马、骡子、公牛，以及美丽的女奴和灰色的铁锭。凡是参加比赛的人都能得到奖励，而其中最珍贵的奖品自然要留给比赛的优胜者。军中卓越的勇士们纷纷在各种项目中一展身手。比赛项目除了战车赛、拳击、摔跤和赛跑之外，还有空手搏击、铁饼以及长矛搏斗。

第九章

赫克托耳的葬礼

各种竞技比赛结束后，帕特罗克洛斯的葬礼也终于落下帷幕，人们的哀痛暂时告一段落。可是，阿喀琉斯怎么也无法将这位勇敢威猛的好朋友从脑海中抹去。他时而仰面望着天空发呆，时而把脸深深地埋进沙土里，或是突然站起来，神情恍惚地走向海边。有时，他还会把赫克托耳的尸体挂在战车后面，一直拖到帕特罗克洛斯的坟前。

赫克托耳死了 12 天，阿喀琉斯天天都用这样的方法蹂躏他的尸体，直到宙斯召来忒提斯转告阿喀琉斯，如果他不想惹怒宙斯，就必须接受普里阿摩斯的赎金，交换赫克托耳的尸体。接着，宙斯又派伊里斯告诉普里阿摩斯，他可以带上丰盛的礼品去找阿喀琉斯要回儿子的尸体，不必担心安全问题。

阿喀琉斯极不情愿地接受了宙斯的旨意，而普里阿摩斯却是如释重负，因为他已经决定放弃一切来换回儿子的尸体了——即便要他下跪也心甘情愿。于是，他立刻命令其他儿子准备好他的战车以及一辆四轮骡车。

之后，他找到赫卡伯，把自己的决定告诉了她。

“你一定是疯了才会有这样的想法，”她大叫道，“那个复仇者会把你撕成碎片！”

不顾赫卡伯的反对，普里阿摩斯拉着她走到一间紧锁的屋子门前。那里面装着他们所有最珍贵的财宝。他从中选取了 12 条精美的毛毯、12 条地毯、12 条雪白的披肩以及 12 件上好的长袍。接着，他又称了 10 塔兰特的黄金，外加 2 个闪亮的三角鼎、4 口大锅以及 1 个由色雷斯人赠送的价值连城的酒杯。没有丝毫不舍，他迫切地希望能再次拥抱死去的儿子！离开房间之后，他却发现宫殿里所有的特洛伊人似乎都在故意阻拦他的去路。

“滚开，你们这些懒散的庸人！”普里阿摩斯大声斥责道，“你们在干什么啊？难道你们家里就没有丧事要哀悼，偏要跑来徒增我的悲伤吗？我的儿子死了，你们这些胆小鬼，你们很快也会尝到灾难降临时痛苦的滋味。啊，请让我先入哈迪斯的冥府吧，而不是这样眼睁睁地看着我们的城市化为灰烬啊！”

老人穿过众人，转而又责骂那些在他的召唤下仍未赶到的儿子们，这其中就有赫勒诺斯、帕里斯和代福波斯。

“快点，你们这些没骨气的败家子！真是丢脸！真希望死的是你们而不是赫克托耳。我有那么多勇敢的儿子战死沙场，只留下你们这群没用的渣滓，只会骗吃骗喝。还不赶快给我把马车准备好，把这些赎礼搬上车。我还急着要去付赎回赫克托耳的赎金呢！”

王子们被父亲的训斥吓坏了，赶快跑去准备好了一切。接着，普里阿摩斯叫来了年事已高却无比忠诚的传令官伊代俄斯，让他驾驶那辆装满财宝的骡车，而他则亲自驾着战车在前面带路。

穿过特洛伊城，哀号哭喊的人群一直把他们送到了斯卡亚大门前。来到伊洛斯的坟冢旁时，夜幕降临了。二人停了下来，让马儿在此饮水。

突然，他们看见一位清秀的年轻人走了过来。这位年轻男子看起来像是一位年轻的王子，不过事实上，他是宙斯派来帮助他们的赫尔墨斯。

“老人家，夜深了，你们带着这么多的财宝要去哪里啊？”赫尔墨斯问，“你们不害怕阿开亚人吗？告诉我你们要去哪儿，我来给你们带路，因为你们让我想起了我那亲爱的父亲。虽然我是密耳弥多涅人，是杀死你儿子的阿喀琉斯的随从，但是请不要害怕。”

“如果你是阿喀琉斯的随从，那么我恳求你告诉我，我儿子的尸体现在还在吗，还是已经被豺狗吞食了？”

“他的尸体既没有被豺狗吞食，也没被秃鹰叼走。现在正毫发无伤地摆在阿喀琉斯的战船边。不论阿喀琉斯如何无情地将他拖拽在尘土里，都无法损伤他那俊美的面容。今天是他死后的第 12 天，不过，他的身躯依然完好无损。身上的污血已经被洗净，所有的伤口都已经愈合，就连那些死后的伤疤也修复了。神灵们还是很钟爱你的儿子啊，老人家。”

赫尔墨斯的这一番话让普里阿摩斯放心下来。他拿出一只做工精致的餐杯赠给眼前这位高贵的年轻人:“请带我们去阿喀琉斯的帐前吧。”

“我不能接受你的礼物，以免惹怒阿喀琉斯，”年轻人回答道，“不过，如果需要的话，我很乐意陪你们前往阿尔戈斯。”接着，在没有惊动任何密耳弥多涅人的情况下，赫尔墨斯把普里阿摩斯带到了阿喀琉斯的军营里。不过，想进入阿喀琉斯的帐篷，他们先要打开被沉重门闩关上的大门。只有阿喀琉斯才能拉得动那根门闩，可赫尔墨斯不费吹灰之力就轻轻抽掉了门闩。于是，他们悄无声息地走进了阿喀琉斯的帐篷。

“我们到了，老人家，”这位向导对他们说，“现在我也要走了。其实，我就是赫尔墨斯，是宙斯派我来帮助你们的。进去好言好语地恳求阿喀琉斯归还你儿子的尸体吧。”

普里阿摩斯走下战车，留伊代俄斯看守马车，独自一人走进了帐篷。帐篷里，阿喀琉斯、奥托墨冬以及阿尔基摩斯三人正围坐在桌边，其余的人则站在后面。普里阿摩斯径直走了过去，跪在阿喀琉斯面前，抱住他的膝盖，亲吻他的双手。正是这双可怕的大手杀死了他的很多特洛伊王子。

阿喀琉斯被脚边突然出现的普里阿摩斯吓了一大跳，帐篷里的其他人也都目瞪口呆地看着眼前的一切。

“显赫的阿喀琉斯，请你也想想自己的父亲吧，”普里阿摩斯恳求道，“谁能理解因为牵挂你，他要忍受多大的痛苦啊！可是，他至少还期盼着你会活着回去见他。可是我呢？在这个世界上，再也没有比我更悲哀的父亲了。我原本有 50 个儿子，可是其中那些最英勇的孩子，大半都已经被你和你的阿开亚同胞

杀死了。不久之前那个能独当一面的儿子，为了保家卫国，也被你亲手杀死了。我就是为了他才在今晚带着丰厚的赎礼来到了阿开亚人的船边，希望能从你这儿把他的尸体赎回去。阿喀琉斯，请尊重神灵，想想自己的父亲，可怜可怜我还要去做世上其他人根本无法忍受的事情吧：我竟然亲吻了杀害我儿子们的人的双手！”

听了老人恳切的话语，阿喀琉斯也被感动了。普里阿摩斯因为死去的儿子泣不成声，阿喀琉斯握住普里阿摩斯的手，轻轻地扶起了这位老父亲。

阿喀琉斯站起来对他说：“不幸的老人啊，白发苍苍的你一定承受了许多的痛楚。究竟是什么样的父爱才能让你鼓起这么大的勇气来到阿开亚人的船边，面对曾经对你儿子痛下杀手的敌人啊！来，坐下吧。悲哀的眼泪只会给我们带来更多的痛苦。

“我的父亲也是个不幸的男人。虽然他深受神灵的宠爱，娶了一位女神为妻，可是与他得到的悲伤相比，这些快乐就显得太短暂了。我是他唯一的儿子，为了征战特洛伊来到这里，可在不久后，未及成年的我也会死在特洛伊城下。但是，他最大的悲哀是他早已经知道我注定早亡，因此我出征前他就知道再也见不到我了。

“与我父亲一样，你也曾幸福无比，拥有至高无上的权力、无人能及的财富和高贵的子女，可最终只能在神灵们安排好的灾难与悲哀中度过余生。不过，坚强些吧，哭泣是没用的。到我身边来，坐下吧。”

“请不要叫我坐下，因为赫克托耳的尸体此时还躺在外面。请收下我的赎礼，把他交还给我吧。为了感谢你的不杀之恩，我会祝福你在神灵的保佑下平安地返回故乡。”

“别催我，老人家。我一定会把赫克托耳交还给你。这可是宙斯的旨意啊！而且，你以为我不知道是某位神灵把你们带到这儿的吗？任何凡人都不可能通过军营里的那些守卫，更不可能拔出我门上的门闩。”

说完，阿喀琉斯与奥托墨冬、阿尔基摩斯一起走出帐篷，解下马车，搬走赎礼并邀请伊代俄斯进帐篷入座。不过，赎礼中他们留下了两件披风和一件长袍用来包裹赫克托耳的尸体。接着，阿喀琉斯又命令女奴将赫克托耳的尸体洗净，以免看见儿子身上的划痕之后，普里阿摩斯情绪失控，使自己一怒之下杀死普里阿摩斯，那样可是亵渎宙斯的旨意了。

赫克托耳的尸体被洗净后，阿喀琉斯亲手为他穿上了长袍，然后把他放到了尸床上，抬进了骡车。一切完成后，阿喀琉斯不禁痛哭失声。

“帕特罗克洛斯，请你不要迁怒于我，我已将赫克托耳交还给特洛伊了。这都是神灵们的旨意啊。我会从那些珍贵的赎礼中挑出上等的佳品献给你。”

接着，他再次走进帐篷，对普里阿摩斯说：“你的儿子已经自由了。他现在就躺在骡车里，盖着长袍。等天亮要回特洛伊时就能看见他了。不过，现在请你坐下，该吃饭了。”

饭后，阿喀琉斯问普里阿摩斯：“老人家，你们需要休战多少天来举行葬礼呢？请你告诉我，我向你保证，在约定的期限内，决不侵犯特洛伊。”

“如果你能答应我以下的请求，我们将会感激你这位慷慨的战士。首先，我们要在宫殿里为赫克托耳哀悼 9 天；等到了第 10 天，我们将焚烧高耸的柴堆并为他举办丧宴；在第 11 天，我们将为他筑墓立坟。所以，必要的话，我恳求你能在第 12 天再开战。”

“普里阿摩斯，你的要求值得尊敬。我一定会按照你的要求休战 11 天。”说完，阿喀琉斯把普里阿摩斯和伊代俄斯带到了门廊下，安顿他们休息。

累了一天的老人很快就进入了梦乡。当其他人都睡熟后，赫尔墨斯再次出现，弯腰对躺在床上休息的普里阿摩斯说：“老人家，你们怎么可以毫无防备地睡在敌人的军营之中呢？趁着其他阿开亚人不知道你们在这里，赶快起来离开吧。”

于是，他们趁着夜色赶紧离开了。在赫尔墨斯的指引下，他们离开了阿开亚人的军营，一直走到斯卡曼德河边。接着，他们二人又带着赫克托耳宝贵的遗体，独自来到斯卡亚大门前。这时，黎明渐渐降临，女神用她那玫瑰色的手指为饱受折磨的特洛伊送来清晨的第一缕曙光。

看着死去的赫克托耳，所有特洛伊人都难掩悲痛。赫克托耳年迈的双亲还有爱妻的眼泪浸湿了他的脸庞，他们终于能够用自己的泪水洗刷亲人身上的伤痕。在接下来的 9 天里，特洛伊人点燃了无数柴火为赫克托耳下葬，腾空而起的火苗渐渐吞噬了赫克托耳的遗体。之后，他们把尸骨收集起来，放进一个金瓮之中。

第二天，他们将赫克托耳埋葬到城墙外一座高高的坟墓里。这位举世无双的英雄在得到他应得的葬礼后，被送入另外一个世界。

这就是赫克托耳的葬礼，荷马也带领我们领略了这部被称为《伊利亚特》的不朽史诗。

第 十 章

特洛伊木马

赫克托耳死后，特洛伊人便把自己关在城内，不敢出去迎战。可是，让他们没有预料到的是，尚武好战的亚马宗女战士们竟然赶来支援他们了。

她们年轻的女王彭忒西勒亚还从未经历过任何战争的洗礼，而这显然与她统治者的身份不符。因此，她决定到特洛伊来助普里阿摩斯一臂之力。

彭忒西勒亚和她的女战士们向达奈人的军队发起了突然袭击，杀死了很多英雄。在她们的猛攻之下，阿开亚人一直退到了远离城墙的海边，而此时大埃阿斯和阿喀琉斯却还不知道外面战局的变化。痛失挚友帕特罗克洛斯的悲伤使得阿喀琉斯一直待在帐篷里不肯出去，大埃阿斯则出于同情，一直陪着阿喀琉斯。最后，亚马宗人追赶阿开亚人的激烈斗争终于惊动了这两位英雄。

起初，他俩还没有意识到外面发生了什么，但当他们看见达奈人已经被传说中的女战士逼退到船边时，二人便立刻拿起武器迎战敌人。这两位战场上的常胜将军一出现，阿开亚人便重获战斗的勇气，与敌人顽强战斗。尽管为突如其来的英勇气势所震惊，彭忒西勒亚却毫不犹豫地跳到了阿喀琉斯面前。阿喀琉斯的大名与英雄事迹早已传遍了世界的每一个角落，她当然知道阿喀琉斯是谁。然而，年轻的女王毫无畏惧，她只想与之一决高下。

彭忒西勒亚向阿喀琉斯接连投射了三次长矛，可是全都被阿喀琉斯的盾牌挡了回来。接着，她又想发起第四次进攻，但是就在她动手之前，阿喀琉斯的那根可怕的矛枪已经深深地扎进了她的肋骨，结束了她的生命。年轻的女王倒下了。被她的勇猛和大胆深深触动的阿喀琉斯想看看这位英雄到底是什么样子，但他实在难以相信，刚刚与他对阵的勇士竟然会是一名女子。当他掀开对方头盔的时候，竟为她那清秀美丽的脸庞而倾倒。阿喀琉斯为杀害了这样一位英勇而美丽的女子而后悔不已，于是他钦佩地跪了下来，轻轻地吻了她的双唇。阿喀琉斯不仅没有夺走彭忒西勒亚女王的铠甲和武器，而且还下令任何阿开亚人都不得接近这位女王以及她身边那些女战士们的尸体。亚马宗人将尸体和武器带走后，用英雄的葬礼埋葬了那些战死沙场的女子。

彭忒西勒亚死后，特洛伊人再次关上了大门。不过没多久，因为勇猛而强大的埃塞俄比亚援军赶来支援，城门再次打开。援军的首领门农是提索诺斯和有一双玫瑰色纤手的黎明女神厄俄斯的儿子。提索诺斯是普里阿摩斯的兄弟，听说特洛伊城的困境后，便派儿子赶来支援了。

门农皮肤黝黑、高大魁梧，是一位令人闻风丧胆的战士。因为他也是女神所生，而且也拥有一套由赫菲斯托斯打造的铠甲，有人甚至说他与阿喀琉斯实力相当。

这位黎明女神的儿子一到战场就重创了阿开亚人。在他那把无情的战剑之下，阿开亚英雄们一个接一个地倒下了。在这之前，忒提斯曾经警告过阿喀琉斯绝对不要和门农对阵，因为如果他杀死了门农，那么他也就离自己的末日不远了。阿喀琉斯听从母亲的建议，没有出战，直到他得知了安提洛克斯的死讯。自从帕特罗克洛斯死后，安提洛克斯就是他最信任的朋友了。奈斯托尔不幸的儿子是像英雄一样壮烈牺牲的，安提洛克斯用自己的身体替父亲挡住了门农那致命的一枪。朋友的死亡再次激怒了阿喀琉斯，以至于他不顾母亲的警告，冲上了战场，找到了正在和大埃阿斯激战的门农。

“退到一边去，埃阿斯，”阿喀琉斯吼道，“你去对付别人吧。把他交给我！”

不一会儿，阿喀琉斯就与门农打得不可开交。这是阿喀琉斯有生以来第一次遇到与自己实力相当的对手。很长的一段时间里，旁人根本无法判断谁才能从这场决斗中胜出。门农的肩膀受伤了，阿喀琉斯的手臂上也渗出了鲜血，可他们就像两只不知疲倦的疯狗一样不停地对战。

害怕看到结局的忒提斯与厄俄斯纷纷恳求宙斯把胜利赐予自己的儿子。

“就算是我也不能改写命运啊。”宙斯说道，同时他又让赫尔墨斯把两位英雄的命运放在了金色的天平上。结果，装有门农命运的那个托盘重重地垂了下来。眼见如此，厄俄斯发出一声撕心裂肺的哭喊，立刻向战场冲去。但是，一切都太晚了。门农已经被阿喀琉斯送进了黑暗的冥府。及时赶到的厄俄斯抱着儿子的尸体飞上了天空，避免敌人夺走儿子的盔甲。

杀死门农后，阿喀琉斯的死期也到了。这次的胜利冲昏了阿喀琉斯的头脑，他认为已经没有人能够阻拦他了。特洛伊人被他杀得不得不再次逃回城墙后面。如果不是阿波罗的阻止，愤怒的阿喀琉斯一定会单枪匹马地冲进特洛伊城。

面对神灵的阻拦，阿喀琉斯仍然狂妄地怒吼着。他甚至还威胁这位神灵，要用手中的重矛将其击倒在地。阿波罗仍然怒气冲冲，向阿喀琉斯吼道："退后，阿喀琉斯！不幸的凡人啊，你的命运早在你出生之际就已经写好了。你是绝对不可能攻入特洛伊城的！"

一说完，阿波罗又马上找到帕里斯，命令他从远处瞄准阿喀琉斯射箭。帕里斯射中了这位大英雄的右脚踝。这也是他身上唯一的弱点，能置他于死地的弱点。

中箭的阿喀琉斯跪了下来。他完全知道脚踝中箭对自己意味着什么。从那以后，人们常常用"阿喀琉斯之踵"来形容那些看起来微小却致命的弱点。可阿喀琉斯拒绝就这样死去。他挣扎着站了起来，向特洛伊人发起了最后一击，杀死了不少仓皇逃窜的特洛伊人。

当死亡终于向他展开怀抱时，阿喀琉斯感到自己的力量快要消失殆尽了，他单腿跪在地上，怒吼道："特洛伊人，愿神灵保佑你们吧。就算我死了，你们也难逃一死。你们全都逃不过这场劫难！"

这也是这位英雄最后的遗言。他的武器也随之掉落在地上，发出一连串巨响，整个大地为之一震，天空中也布满乌云。无论是朋友还是敌人，都为这样一位无可匹敌的战士而惋惜，珀琉斯与忒提斯的儿子死了！

一场争夺阿喀琉斯尸体的战斗展开了，埃涅阿斯率领的特洛伊人拼命想抢夺他的尸体。埃阿斯和奥德修斯则带领士兵奋力抵抗。鲁基亚人的新首领格劳科斯成功用绳子套住了阿喀琉斯开始拖拽，结果他很快就为自己的鲁莽的行为付出了生命的代价，惨死在埃阿斯的长矛之下。可战斗还在激烈地进行着，不

计其数的特洛伊人和阿开亚人相继倒下，但是特洛伊人依旧无法成功地拖走尸体，阿开亚人也总是无法打退对方的进攻。

整整一天，争夺阿喀琉斯尸体的战斗一直持续着。就连在高高的伊达山上观战的宙斯也不禁对阿喀琉斯产生了怜悯之心。他送来一场暴风雨，结束了这场战斗。趁此时机，埃阿斯和奥德修斯将阿喀琉斯扛到肩膀上，飞快地向后跑去，愤怒的特洛伊人在后面紧追不舍。多亏奥德修斯不顾自身安危拼死掩护和埃阿斯的拼力坚持，他们两人才得以安全地退回到阿开亚阵地，回到战船上。

阿开亚人将英雄的尸体放在尸架上之后，哀悼仪式就开始了。所有的阿开亚将士都赶来了，他们全都为失去这样一位高贵的战士而痛惜。海神涅柔斯的50个女儿——忒提斯和她的姐妹们也浮上了海面，加入悲痛的哀悼。9位缪斯女神从奥林匹斯山赶来，在阿喀琉斯的尸体旁唱起了赞歌，众位神灵也为这位伟大希腊英雄的逝去而痛哭流涕。

阿喀琉斯的哀悼仪式持续了整整17天。第18天，阿开亚人点燃了高高的柴堆以及众多祭品，为这位英雄举行了隆重的火葬。接着，他们将他的尸骨放到了盛放帕特罗克洛斯遗骸的金瓮里。将此二人合葬后，他们将坟墓加宽加高，这样，所有经过赫勒斯庞特海峡的人从很远的地方就可以看见这座掩埋着两位英雄的坟墓。

之后，为纪念阿喀琉斯，阿开亚人又举行了一系列竞技比赛。女神忒提斯从海底带来了无数奇珍异宝作为奖品，奖励那些在比赛中胜出的勇士，以此提醒人们铭记她那英勇无畏的儿子。

阿喀琉斯的死对阿开亚人来说意味着巨大的损失，可另一场厄运又降临到希腊人头上，忒拉蒙的儿子大埃阿斯死了。这位英雄的死实属悲剧，因为他并没有光荣地战死沙场，而是以一种最悲惨的方式死去。阿喀琉斯那套精美的战甲本应传给他，他却被人耍了，大埃阿斯一怒之下就失去理智自杀了。

事情是这样的，因为是他和奥德修斯一起冒着生命危险，从特洛伊人的手中夺回了阿喀琉斯的尸体。众人最后决定以抽签的方式来判定那套由赫菲斯托斯打造的精美绝伦的铠甲的归属。然而，阿伽门农和墨奈劳斯却更改了抽签的结果，把本该归大埃阿斯所有的铠甲判给了奥德修斯。受骗的埃阿斯意识到事情的真相后，顿时火冒三丈，本想要杀死那两个人。可是失去理智的大埃阿斯不知该怎么办，便疯狂地屠宰牲畜。最后，他把自己的战剑插在地上，然后用尽全身的气力冲向战剑自杀了。即使大埃阿斯惨死，阿伽门农和墨奈劳斯还想固执己见，草草结束英雄应得的葬礼。不过，奥德修斯同样固执地坚持大埃阿斯应当得以厚葬，因此，大埃阿斯才终于得到他应得的葬礼，他的坟墓立在了阿喀琉斯的坟墓旁。

失去了两名将领后，战事便不利于阿开亚人了。虽然特洛伊人一直躲在城墙里不敢出来，可当初阿喀琉斯和大埃阿斯还在的时候，特洛伊都没能被攻破；现在他们死了，拿下特洛伊城看来更没可能了。卡尔卡斯表示，这一次他也无能为力。不过，他说普里阿摩斯的儿子赫勒诺斯知道所有关于特洛伊结局的神谕。

奥德修斯得知这一消息后，便开始思考怎么才能抓住赫勒诺斯，得知那些神谕。不久后的一天夜里，当赫勒诺斯溜出城，想打探阿开亚人军情的时候，奥德修斯真的抓住了他。

“你现在逃不掉了，”奥德修斯告诉他，“不过，只要你把知道的那些关于特洛伊城败落的神谕告诉我，我就放你一条生路。”

害怕的赫勒诺斯把自己知道的一切全都说了。

“有三条神谕给出了攻破特洛伊城的指示：第一，必须要有赫拉克勒斯的毒箭，而它们现在的主人则是当初被你们遗弃在莱姆诺斯岛的菲洛克忒忒斯；第二，不能没有阿喀琉斯的儿子涅俄普托勒摩斯的参战；第三，除非首先拿到帕拉斯·雅典娜的神像，否则你们无法攻破特洛伊，这座神像就被供奉在位于特洛伊卫城之上的雅典娜神庙之中。”

奥德修斯跑回军营，把他听到的一切告诉了其他将领，并且表示他愿意亲自出马。当初勉强跟来特洛伊打仗的奥德修斯，现在反而是最盼望这场持久战能够胜利的人。

奥德修斯先是前往斯库罗斯岛，来到了吕科墨得斯国王的宫殿里，因为阿喀琉斯的儿子尼俄普托勒摩斯就住在这里。当然，阿喀琉斯从来没结过婚。不过，当初他被母亲忒提斯藏在斯库罗斯岛，后来离开时，吕科墨得斯国王的女儿黛达弥娅最不愿意他离去。因为那时她已经有了阿喀琉斯的孩子，这也是一个只有他们两个人知道的秘密。

很多年过去了，阿开亚人经历了第一次远征的失败，之后又花了八年多的时间重新集结军队，然后又在特洛伊征战了整整十年。尼俄普托勒摩斯如今已经是一个身材魁梧、充满战斗激情并渴望建功立业的年轻人了。因此，奥德修斯不费吹灰之力就说服了吕科墨得斯国王，带走了他的外孙；涅俄普托勒摩斯也很急切地想到战场施展雄威。

在涅俄普托勒摩斯的陪同下，奥德修斯又来到莱姆诺斯岛，寻找当年被遗弃在这里的菲洛克忒忒斯。不过，要想说服这位深受折磨的英雄与他们并肩作战可并非易事。因为一直以来，饱受折磨的菲洛克忒忒斯简直恨透了当初因受伤而抛弃自己的阿开亚人。最后，他被赫拉克勒斯说服了。已经成为不朽神灵的赫拉克勒斯告诉他：如果去了特洛伊，他就能治好腿上的伤，而且还会赢得无上荣光。

于是，奥德修斯成功地把拥有赫拉克勒斯的毒箭的菲洛克忒忒斯，以及阿喀琉斯的儿子尼俄普托勒摩斯带回了特洛伊。他还把那套阿喀琉斯的战甲交到了尼俄普托勒摩斯的手中。

两位英雄一来，就成为阿开亚人心目中的无价之宝。

他们三人回到军营后，马卡昂治好了菲洛克忒忒斯腿伤。这位神射手随即就向帕里斯发出了一对一的挑战，愚蠢的帕里斯毫不犹豫地接受了。他根本不知道菲洛克忒忒斯的箭曾经浸泡在勒耳奈亚的海德拉的毒血之中。

帕里斯与菲洛克忒忒斯各发了三箭。结果，帕里斯的三支箭全都落空了。菲洛克忒忒斯的第一箭也没射中，第二箭射在了帕里斯的弓上靠近握手处，而第三箭则正中他的脚踝。这已经足够了。海德拉的毒血渗入了帕里斯的血管里。

中箭的帕里斯顿时发出了痛苦的哀号，退出了队列。特洛伊人立即把他抬回城里，可是他的伤势迅速恶化，帕里斯知道自己的死期将近了。

这时，他想起了自己的第一个爱人俄诺涅。她曾说过："如果你受伤了，就来找我吧，因为只有我才能治好你的伤。"于是，帕里斯就让人把他抬到了仙女居住的山上。

可现在深受众人厌恶的帕里斯，也遭到了这位曾经深爱他的仙女的痛恨。她拒绝为帕里斯疗伤，所以，绝望的帕里斯只好返回，很快就奔赴了哈迪斯的冥府。他刚走，俄诺涅就后悔不该对帕里斯如此绝情，立刻赶去追他。然而，当她追上的时候，一切都太晚了，帕里斯已经死了。

帕里斯死后，赫勒诺斯和代福波斯都想娶海伦为妻。最后，代福波斯赢了，可是这时的海伦思念起了墨奈劳斯和在斯巴达的女儿，根本不想再婚。她试图逃跑，想从城墙上沿着绳子逃出特洛伊。但是没人理睬她的反抗，海伦被发现后还是被送回了代福波斯的身边并嫁给了他。

杀死帕里斯之后，菲洛克忒忒斯立刻赢得了众将士的赞誉。不过，尼俄普托勒摩斯也毫不逊色。他成功击退了欧律皮勒斯。作为密西亚国王忒勒福斯的儿子，欧律皮勒斯率领的队伍是特洛伊的最后一支盟军。与他的父亲一样，英勇无畏的欧律皮勒斯骁勇善战，也杀死了不少阿开亚英雄。

其中就有阿斯克勒庇俄斯的儿子，天才医师马卡昂，所以，从那以后，在密西亚的阿斯克勒庇俄斯神庙中，虽然人们每年都会举行隆重的庆典活动来纪念忒勒福斯，却再也没有提到过他儿子欧律皮勒斯的名字。尽管欧律皮勒斯给了特洛伊人很大的帮助，但是最后还是不敌尼俄普托勒摩斯，被他剥去了战甲。欧律皮勒斯死后，特洛伊人被迫退回到城里。而这一次，他们再也没有出战。

与此同时，奥德修斯也一直在思索着赫勒诺斯说的第三个神谕：拿到帕拉斯·雅典娜的神像。于是，他决定独自潜入特洛伊城偷取神像。奥德修斯首先把自己打扮成乞丐模样；然后，他又让狄俄墨得斯不停地用鞭子抽打他，直到满身伤痕；最后，伪装过的奥德修斯来到特洛伊城假装寻求庇佑。

特洛伊人被他惨遭阿开亚人折磨后又逃脱的故事触动了，大家十分可怜他的遭遇。几乎所有的人都相信了他的话，除了海伦。因为他的声音和说话的方式让海伦立刻想到了奥德修斯，敏锐的观察力告诉海伦要提防这个乞丐。海伦有意问了他几个问题，奥德修斯很清楚她这么做的目的，他用尽方法试图打消海伦的疑虑。接着，海伦想出了一个巧妙的方法：她假装同情奥德修斯，然后又说服特洛伊人把这个满身伤痕的穷乞丐带回自己的宫殿。回到宫殿后，海伦立刻让仆人为他洗澡，洗去了他身上的污垢和血迹，然后又给他换上了干净的衣服。当穿戴整齐的奥德斯修再次出现在海伦面前时，海伦一眼就认出了他，奥德修斯也不再伪装了。

“不用害怕，”海伦宽慰道，“我现在就像个奴隶一样被关在这儿，没理由揭穿你。你想做什么就去做吧。如果你需要，我甚至还可以帮你。”

不过，奥德修斯宁愿独自一人行事。他又换上了那套破破烂烂的乞丐装，在午夜时分偷偷溜了出去，一直跑到雅典娜神庙。因为雅典娜女神事先就已经施法让守卫们全都睡着了，所以，他轻而易举地就偷到了神像。之后，奥德修斯沿着街道向大门跑去。当跑到斯卡亚大门前时，奥德修斯便与守门的士兵们展开了激战。隐身的雅典娜帮助奥德修斯以一敌众，杀死了大部分守卫，而剩下的士兵竟因为怕死将城门大开，放奥德修斯出去了。就这样，奥德修斯把帕拉斯·雅典娜的神像偷出了特洛伊城，牢牢抓住了特洛伊的命运。

没过多久，奥德修斯就想出了一条攻破特洛伊城的妙计。这正是雅典娜女神透露给他的，这个妙计就是将将士们藏到高大的木马的肚子里。无论如何，他们必须骗过特洛伊人，让他们自愿将这个大木马拖回城里去。这的确是个大胆的想法，但是一切都在按计划进行着。

建造木马的任务则交给了厄皮俄斯。尽管这位首领带来了三十艘战船的人马，但是全军最懦弱的就要属这个一次战斗也没参加过的胆小鬼了。他唯一的贡献就是为阿伽门农和墨奈劳斯送水。然而，这个最胆怯的人就要迎来自己的荣誉了。

这项任务交给他也是实至名归。因为厄皮俄斯的木匠活绝对不会输给任何人。他首先命令士兵们将一座山的树木全都砍倒并收集起来，之后，厄皮俄斯便全力开始建造木马。几天后，一只漂亮的巨型木马诞生了。这匹做工精细的木马每一处都很完美，完全符合奥德修斯的期望。那天夜里，阿开亚人把木马推到靠近城墙的地方，四十名精心挑选的武士全副武装地藏进了木马的肚子里。除了必须要留在军营中的阿伽门农之外，所有阿开亚的著名将领都藏进了木马里。最后一个进入木马的是胆小鬼厄皮俄斯，因为只有他才知道如何打开和关闭木马肚子上的那道暗门。同一天夜里，在奥德修斯的指示下，阿伽门农命令士兵们烧毁了自己的军营，将大部队隐蔽在与特洛伊隔海相望的特奈多斯岛上。在那里，他们收到信号就会随时回航。

双方约好以火把为信，而点火把的人名叫西农，他也是唯一留在废弃军营里的人。除了点火把报信之外，西农还肩负着另一项使命。诡计多端的奥德修斯早已和他排练了无数次，教他如何诱骗特洛伊人留下这匹巨型木马。西农和他的堂兄奥德修斯一样诡计多端，最擅长以谎言骗取他人的信任，因此，西农是这项任务的最佳人选。

黎明的曙光渐渐点亮天空，城墙上的特洛伊人被眼前看到的画面惊呆了。

他们马上派使者找来了国王普里阿摩斯。普里阿摩斯赶紧登上斯卡亚大门上的堡垒，他简直不敢相信自己的眼睛。低头看去，阿开亚人废弃的军营上升起了滚滚浓烟。在离城墙不远的地方，还立着一只巨大的木马。

普里阿摩斯下令打开大门，在一群王公贵族的簇拥下，他们既好奇又害怕地走近木马，只见上面写着："阿开亚人敬献给雅典娜的礼物，愿女神保佑他们快速返回家乡。"

众人为眼前的景象所震撼，有人建议道："既然这是献给雅典娜的礼物，那我们把它带到城内供奉在神庙之中保佑我们吧。"

"不！"有一个人大叫道，"雅典娜一直站在阿开亚人那边，所以我们一定要把它就地销毁，或者把它砸开，看看是不是有什么东西藏在里面。"

"如果不善待这件献给女神的礼物，那么我们一定会大祸临头啊，"普里阿摩斯警告道，"如果我们想得到女神的帮助，那毋庸置疑，我们必须把它拖回城里。"

"我们既不应该销毁它，也不应该把它拖回城，"一向深有远见的安忒诺耳建议道，"即使把它留在这儿，我们也一样能供奉雅典娜，为她举行丰盛的祭祀。"

正当众人意见不一时，一个俘虏被士兵们拳打脚踢地送了过来。当然，这个人不是别人，正是故意投降的西农。

"告诉我们你是谁，"普里阿摩斯命令道，"为什么没有和其他人一起离开？"

西农装出一副令人信服的样子，他把早已烂熟于心的故事说了出来："该死的奥德修斯恨透了我，处心积虑想杀死我，因为只有我知道是他设计害死了帕拉墨德斯。他设法说服了所有的阿开亚人，让他们相信，如果想要一帆风顺地回到故乡，就必须要用活人祭祀神灵。而我自然就是被他选中做祭品的活人。可是，就在他们要杀我的那一刻，海面上刮起了一阵大风。为了趁着风势回家，其他人都忙着收拾行李去了，我才得以逃脱。"

听了西农的话，普里阿摩斯十分同情他的遭遇，更糟糕的是，他居然完全相信了西农，问道："现在告诉我，为什么阿开亚人要建造这匹木马呢？"

西农等的正是他这句话，他说出了奥德修斯早就交代好的第二个故事："我们打算将这匹木马作为礼物敬献给雅典娜，希望她不要迁怒于偷走帕拉斯神像的奥德修斯。那座神像被偷回来后先后三次闪耀出刺眼的光芒，把我们全都吓得不知所措。接着，卡尔卡斯告诉我们，特洛伊永远不会被攻克了，因为我们已经失去了雅典娜的支持。除了返航回家，我们别无选择。另外，卡尔卡斯还建议我们造一只木马献给雅典娜，以免愤怒的女神在我们的航行中百般阻挠，使我们无法顺利地抵达故乡。"

"可为什么这么大呢？"普里阿摩斯问道。

西农也料到了这个问题，他又一次说出了准备好的回答。

"这样你们才没办法把它拖进城内啊，"他回答说，"如果这件献给雅典娜的木马进入特洛伊城内，你们就会强大到可以征服富庶的迈锡尼，甚至占领整个希腊啊。不过，如果你们销毁了它，特洛伊也就会因此被毁灭。"

西农的回答的确很有说服力，不仅普里阿摩斯相信了他，就连其他的王公贵族也都被说服了。他们认为一定要把这匹巨大的木马拖回城里，高高地供奉在卫城之上。

特洛伊人也是这么做的。可是，这匹木马实在太大了，他们不得不拆掉一段墙才将木马搬进来。即便这样，要把它从缺口中拉进城还是很困难的。木马有四次撞到了缺口两边的墙上，里面战士们的武器发出响亮的碰撞声。但是雅典娜女神没让特洛伊人听见任何可疑的声音，直到这只木马被拖上了卫城，摆在雅典娜神庙之前。

然而就在这时，安基塞斯的兄弟，了不起的先知拉奥孔看见了这只大木马，他大叫道："特洛伊人啊，你们在做什么呀？你们难道没领教过奥德修斯的狡猾吗？你们相信敌人已经回家了吗？那匹木马里就藏着全副武装的阿开亚人。记住我的话：小心那些达奈人，就算他们带着礼物！"说着，他就将他手中的长矛扎进了木马的肚子里。剧烈的冲击振动了木马，使得藏在里面的希腊士兵们的

盔甲发出阵阵碰撞声。

“烧了它！”一部分人惊恐地叫道。

“举起来，扔到城墙下面去！”另一些人喊道。

躲在木马肚子里的阿开亚武士们全都吓坏了。胆小的厄皮俄斯更是边哭边后悔不该建造这个大木马。只有尼俄普托勒摩斯镇定自若，反而催促奥德修斯带领众人从他们的藏身之处冲出去，与特洛伊人交战。不过，奥德修斯拒绝了年少气盛的尼俄普托勒摩斯的请求，仍然坚持按原计划行事，即在夜幕的掩护下悄悄爬出去。至于眼下的危险，他们很快就听见普里阿摩斯向众人喊道，他不会允许任何人伤害这只木马。阿开亚武士们明白眼前的危险已经平息了。

不过，特洛伊人并没有因此而平静下来，直到有消息传来说，拉奥孔的两个儿子在海边祭祀阿波罗的时候，成了两条巨大毒蛇的牺牲品。拉奥孔听后立

刻跑去救他们，却徒劳无功。最后，父子三人全都丧生于毒蛇的毒牙之下。这下一切都清楚了：拉奥孔将长矛刺进了献给雅典娜的木马里，他的无礼冒犯了神灵，因此受到了残酷的惩罚。毫无疑问，特洛伊人全都相信战争已经结束，敌人也已经走了。就算他们失去了帕拉斯·雅典娜的神像又怎样？这只巨大的木马还会继续永远保佑特洛伊城。

然而这时，卡珊德拉跑了过来，大喊道："你们这些笨蛋，到底在干些什么啊？这只木马会给我们带来毁灭性的灾难！如果你们还想拯救特洛伊的话，就烧掉它！"

唉，谁又会相信像卡珊德拉这样命中注定不会被人相信的先知啊！

伴随着欢宴和舞蹈，胜利的庆典开始了。整座特洛伊城都装点着鲜花，就连木马的脚下都洒满了芬芳的玫瑰花瓣。所有城民都在疯狂地欢呼着，只有卡

珊德拉一个人痛哭不已:“你们这些笨蛋，到底在干什么啊？特洛伊的末日就要到了！”可是，那些还在欢呼的人们只是同情地看着她，叹息她不能在战争结束后好好庆祝。

特洛伊人一整天都沉浸在胜利的喜悦之中。夜幕降临时，吃饱喝足的人们进入了梦乡。没有一个人是清醒的，就连之前一直警告众人的卡珊德拉也睡着了。

终于，狂欢后的寂静笼罩了特洛伊城。西农悄悄爬过城墙的缺口处，爬到阿喀琉斯高耸的坟墓上，按照约定好的那样举起了手中的火把。正在特奈多斯岛上等待消息的阿伽门农也立刻举起火把以示回应，同时命令船队即刻起航。不久，他们就抵达了特洛伊的海岸。下船后，他们便悄无声息地潜入特洛伊城。同一时间，奥德修斯也命令厄皮俄斯打开了木马肚子下的那道暗门。他们便顺着绳索，在月光的映照下从木马上溜了下来。全副武装的阿开亚战士踮着脚尖来到城中。

这时，整个特洛伊城鸦雀无声，连一声狗吠都听不到。他们来到了城门边，只看到喝醉的守卫们疲惫地躺着，与城中其他人一样正做着香甜的美梦。不过他们再也没能从梦中醒过来，因为他们全都死在了阿开亚人的刀下。接着，阿开亚的战士们打开了城门。阿伽门农的大部队已经在外面等候多时了。他们从敞开的大门和断裂的城墙处涌入，如入无人之境，开始了可怕的屠杀。就像凶猛的雄狮在夜晚闯入熟睡中的羊群一样，阿开亚人将这座不设防的城市的寂静打破了。

无数的特洛伊战士还没来得及拿起武器，就瞬间死在了刀下。呻吟声回荡在大街小巷中，整座城里都是女人的尖叫声和小孩因为恐惧而发出的哀号声。许多特洛伊人一跃而起，身边有什么就拿起什么当作武器冲出去战斗，甚至连几小时前烤羊腿的烤肉叉现在都变成了武器。可他们连丝毫有利的机会都没有。没多久，街道上就堆满了特洛伊人的尸体，河流里到处是孩子们的鲜血。在那个可怕的夜晚，特洛伊城痛苦地垂死挣扎着。

尼俄普托勒摩斯与奥德修斯还有墨奈劳斯一起冲进了宫殿，把大门砸了个粉碎。老国王普里阿摩斯无力抵抗，只得向宙斯寻求庇佑，可这根本没用。尼俄普托勒摩斯一把抓住了他，不管他已年近垂暮，也不管他还是一代君王，就把他杀死在宫殿的楼梯上。与此同时，墨奈劳斯穿过宫中的走廊，到处搜寻海伦的房间。在海伦房门口，他发现了海伦的现任丈夫代福波斯。墨奈劳斯顿时怒不可遏。

“你这个卑鄙小人！”墨奈劳斯吼道，“现在你要为自己的所作所为付出代价。想当初我们来到特洛伊，本想和平地解决这一争端，谁知你不但一口回绝，还喊着要‘杀死这些异乡人’，你这个傲慢无礼的蠢货，特洛伊的末日都要到了，你竟然还有心思娶一个不忠的女人！”

代福波斯无话可说，他马上向对方投出了手中的长矛，然而这一切都是徒劳。代福波斯的末日就要到了，墨奈劳斯猛冲过来，一剑刺死了他。容不得片刻迟疑，墨奈劳斯立刻越过尸体，继续搜查里面的房间。他曾经发誓一定要

杀死海伦。这时，他发现海伦就站在自己面前。距这个女人背叛自己已经过去二十年了，而这场充满了无数鲜血和残忍的战争也已经持续了十年之久。墨奈劳斯举起了手中的剑，准备杀了她。

然而这时，早已为自己的罪行感到忏悔的海伦却发现自己还深深地爱着墨奈劳斯，她必须告诉他。“杀了我吧，”海伦说着一把撕开了胸前的衣服，“我是个罪人。”

墨奈劳斯见状，回忆起曾经和海伦在一起的时光，回忆起那时还未受阿佛洛狄忒蛊惑的她。最后，墨奈劳斯收回了剑，一语不发地抓着海伦的手，带她回到了船上。

与此同时，城里的大屠杀仍在继续。包括普里阿摩斯的儿子在内的所有特洛伊勇士全都难逃死劫，而他们的妻子和女儿则被阿开亚人当作奴隶，赶到了船上，赫卡伯、卡珊德拉和安德罗玛刻也在其中。她们拼命呼救也只是徒劳，她们的家人和朋友都已经死了，没有人会听到她们的声音了。

赫克托耳的小儿子阿斯图阿纳克斯也未能幸免。为了不让特洛伊人有报仇的机会，阿开亚人决定将普里阿摩斯家族赶尽杀绝。

而来自洛克里斯的小埃阿斯则对卡珊德拉犯下了最严重的恶行：为了寻求神灵的庇佑，卡珊德拉逃到了雅典娜神庙。这位不幸的先知紧紧地抱住了女神的雕像，可小埃阿斯一把将她从神像边拉开，那尊神圣的雕像也被他甩在地上弄碎了。更糟糕的是，他竟在这座神圣的殿堂里侵犯了卡珊德拉。此后的一千年里，他的故乡洛克里斯将会为他亵渎神灵的暴行付出代价。

大屠杀之后，阿开亚人对特洛伊的洗劫开始了。阿开亚人把他们能得到的一切都搬回到船上，普里阿摩斯宫殿里的财宝更是被他们抢夺殆尽。之后，阿开亚人还一把火点燃了这座金碧辉煌的宫殿。无情的火光蔓延上空，吞没了整个特洛伊城，只留下无边的灰烬和乌黑的残垣断壁。除了一段痛苦的回忆，神勇英雄赫克托耳的故乡没有留下任何遗物。随着赫拉与雅典娜心中的仇恨逐渐平息，这座有着悠久历史的特洛伊城也最后敲打出一连串悲壮的音符，奏响一首由成千上万的亡灵谱写的哀歌。

然而，在无情的屠杀中，阿开亚人也并非都那么惨绝人寰，公正且富有同情心的英雄还是大有人在的。下面就是两个例子。

安忒诺耳和他的四个儿子成功地逃过了这场屠杀。阿开亚人想向他们其中一人痛下杀手时，奥德修斯解救了他。奥德修斯甚至还送了一艘船给安忒诺耳，以帮助他和他的家人以及他从帕夫拉格尼亚带来的一群步兵逃生。安忒诺耳率领众人乘船西行，最终来到了亚得里亚海的入海口处。在那里，他们建立了一座名为新特洛伊的城市，也就是我们今天的威尼斯。

另一则人道的故事则发生在埃涅阿斯身上。

毅然背着双目失明的老父亲、怀抱着幼子的埃涅阿斯从大门逃了出来。在已经被敌人包围的情况下，他弯着腰，只顾盯着脚下的路。他知道，一旦阿开亚人追上了他，那他们根本就无路可逃。

“你放走了谁啊？那是埃涅阿斯！”有人大叫道，提着剑冲到了埃涅阿斯的面前。正当他想击倒埃涅阿斯时，另一个声音喝退了他。“我真为你感到羞耻！”原来是狄俄墨得斯，他曾在战场上与埃涅阿斯拼死对战。于是，埃涅阿斯便顺利地突破了那些全副武装的阿开亚士兵们的包围，士兵们不仅没伤害他，还为这位英雄让出了一条路。

埃涅阿斯继续赶去伊达山。而在他的身后，特洛伊城被大火夷为平地。他亲爱的祖国灭亡了，不过，他还有一条路可走，他决心建立一个崭新的家园。他和几个从特洛伊逃出来的同伴登上了一艘西行的航船。经过一段漫长而惊险的航程之后，来到了意大利中部，在台伯河畔建立了一座名叫拉维尼乌的城市。同样是在台伯河畔，稍稍偏北的位置，强大的罗马帝国之后在那里建立了它的首都罗马。罗马人以身为建造者埃涅阿斯的后人而自豪，那可是女神阿佛洛狄忒的儿子啊。

在洗劫并焚毁特洛伊之后，渴望回家的阿开亚人便踏上了回家的旅程，与他们一起返航的还有无数的财宝和从特洛伊抢来做奴隶的妇孺。想把特洛伊的男人们也带回希腊做奴隶已经不可能了，因为没有几个特洛伊男子逃出那场大屠杀。况且，一名英勇的武士永远都不可能成为一个好奴隶。

大多数阿开亚将领的返程之行并不顺利，只有奈斯托尔、狄俄墨得斯以及其他两三名幸运的将领顺利安全地返回了家乡。

那个曾对卡珊德拉施以暴行的小埃阿斯再也没能返回故乡。为了惩罚他，雅典娜女神把他的船带到了布满暗礁的欧波亚海岸。在一个天气恶劣的夜晚，他的船触礁了，小埃阿斯和他的人马全都葬身大海。

阿伽门农也险些在同一地点遭遇不测。虽然凶猛的巨浪没能淹没他，但死亡之神在迈锡尼等着他。他死于死敌埃吉斯托斯的手中，而帮凶正是阿伽门农的妻子克吕泰涅斯特拉。她还杀死了随阿伽门农一同回到迈锡尼的不幸女子——卡珊德拉。

墨奈劳斯也没能顺利返回斯巴达。他曾招致女神的愤怒，因为他曾无礼地说过，阿开亚人花费了整整十年的时间才最终攻破了特洛伊城，所以他们从来就不亏欠雅典娜女神半分。结果，他与海伦忍受了八年苦难的海上漂流才最终回到了斯巴达。他们从此过上了平静的生活。死后，万能的宙斯没有让卡戎把他们送进哈迪斯那黑暗的冥府，而是命令赫尔墨斯把他们带到了极乐世界。在那里，墨奈劳斯和美丽的海伦幸福快乐地生活着。

然而，在所有征战特洛伊的将领之中，没有谁比奥德修斯的返乡之旅更加艰难漫长。由于无意冒犯了“撼地之王”波塞冬，他被迫在海上漂泊了整整十年。直到奥德修斯的随行同伴和船队都不复存在后，他才终于返回了伊萨卡。这些痛苦的折磨、漫无目的的航行，以及英雄们流浪的事迹都在荷马的另一部史诗《奥德赛》中有详尽的描述。我们将会在本套图书的《奥德修斯归家记》中把这些精彩的故事呈现给大家。

后　记

一个小男孩和他的梦想

有多少历史尘封在神话中？如果我们将神话故事中描绘得栩栩如生的古代习俗、知识和信仰纳入其中的话，那肯定是一个相当可观的数字。

然而，神话中隐藏的历史与我们熟知的史料大不相同。之所以不同，是因为在它被书写（或者说塑造）出来的那个时代，并没有什么历史学家，却不乏诗人和歌手这样的艺术家。因此，这些古老的历史往往生动有趣，充满了想象。对于今天的人们，神话不仅仅是知识的源泉，更是一批批陶冶人们心灵的作品。它激发了人们认知和探索的欲望，使人们的心灵与古老文明传递的永恒价值观产生了令人愉悦的共鸣。

尽管如此，考古学家们还是否定了神话故事中包含的历史因素，并且拒绝接受其中的历史细节。有一天，在德国的一个小镇上，一个 8 岁的小男孩得到了一本讲述特洛伊战争的故事书。他如饥似渴地读着每一页的内容，一幅描绘特洛伊城火光冲天的画深深吸引了他。看到儿子对神话故事如痴如醉，他的父母又送给他一本荷马写的《伊利亚特》。小男孩读完这些故事后感到热血沸腾，于是开始询问父亲更多的历史细节，可是他得到的回答总是：那不过是一些动人心弦的故事罢了。

“不对！”男孩大声叫道，“这场战争的确发生过！”

“我们无法证实这些，”父亲答道，“你看，故事里面讲述的特洛伊城从来没被发现过。”

“它存在！它真的存在过！”男孩坚持说道，“等我长大后，我要去找寻特洛伊城，我要一直挖到城池的遗址才罢休，我一定会证明那场战争的确发生过！”这些话十分大胆，但是它出自一个只有 8 岁的儿童之口，所以大人们根本没把它放在心上。

不久，男孩的父母双双离世，他不得不开始自谋生路。男孩时常没有钱买面包，但是他总有足够的钱去购买书籍和蜡烛。一天忙碌的工作结束之后，他每晚都会秉烛夜读。他学习外语，阅读历史，并且潜心研究神话。他阅读荷马的作品，用心研读了诗人所有作品的原文，他还会花几小时沉醉于《伊利亚特》的朗读中，陶醉于上古语言的甜美韵律之中，被其中丰富的感情所温暖，好像那场战争就发生在眼前似的，战争的咆哮和层出不穷的英雄人物撼动着世界。

40 多年过去了，当年的小男孩已经变成一个富有的商人。他对财富的迷恋逐渐浇灭了他探寻特洛伊城的热情。但是火焰并未完全熄灭，就像在他童年梦想的灰烬中燃烧着的炭火。有一天出差去伦敦时，他参观了大英博物馆，还欣赏了额尔金伯爵从雅典帕特农神庙中带来的大理石板。虽然只瞥了一眼，但这足以重新点燃他对寻找那座已经消失了的城市的热情。菲迪亚斯雕塑中无与伦比的美在商人的身上产生了经久不衰的魔力，《荷马史诗》中的诗句再一次像激流般划过了他的脑海，在他眼前浮现出特洛伊城下战斗的众神和英雄的画面。这位 50 岁出头的商人再次为高尚的光芒所吸引，立刻做出了一个伟大的决定。他放弃了自己所有的生意，全身心投入对考古的狂热研究之中。妻子骂他疯了，并且试图阻止他，于是他与妻子离了婚。不久以后，他决定自费履行 40 多年前曾经许下的诺言。

他以《荷马史诗》中的记载为线索去寻找特洛伊。不久，他真的找到了城市的遗址。经过两年的挖掘，1872 年，他不仅让城墙重见天日，同时还发现了城市遭到焚毁的遗迹。更令他惊讶的是，里面还埋葬了 8000 多件金银珠宝和器皿；之后，他动身前往爱琴海沿岸的迈锡尼和奥尔霍迈诺斯城，在那里，他同样取得了辉煌的成果；他又继续向西前往伊萨卡岛，在爱奥尼亚海他发现了巨大的城墙遗迹。这个人便是海因里希 · 施利曼。他的支持者——第二任妻子索菲亚女士，不知疲倦地陪伴他度过了艰苦的挖掘岁月，并且始终不离不弃。

伴随着施利曼的发现，那些顽固的守旧理论最终彻底被推翻。很明显，神话并不全是瞎编乱造的产物，有的是由真实的历史事件改编而来。

希腊神话中的阿喀琉斯、赫克托耳、赫拉克勒斯、伊阿宋、忒修斯和俄狄浦斯等诸多希腊神话中的英雄都真实存在过吗？这完全有可能。正如神话中所记载的许多历史名城都在现实中找到了遗迹一样，神话中记载的英雄人物和历史事件也多数存在过。

当然，必须承认，神话故事中有许多脱离现实的因素，比如超人类的力量，但这些艺术化的东西很容易鉴别。神话中不乏值得我们去大力挖掘并深入研究的东西。这个领域不要求你必须是一位专家，任何一个读者都可以去做那个小男孩曾经做过的事情。

事实上，神话并非无法与现代艺术的精美作品相媲美。现代艺术是通过色彩的发挥、大胆的笔触和令人愉悦的整体效果来吸引我们的，如果我们能够理解其中的深刻内涵，就可以从更深的层次去理解和欣赏它。这种情况也同样适用于神话故事，它们被人们口口相传，经过诗人们的精美加工后变得如此绚丽夺目，以至于有可能会掩盖深藏在其背后的事实真相，使它们更像一些虚构的故事。但实际上并非如此。虽然它们没有完全尊重事实，在竖琴的旋律中被悠悠传唱，但它们就是那个时代的生活和历史。

正因为这些故事关乎生活本身，所以它们才忠实于生活。在神话故事中，我们往往看不到存在于童话故事中的“美满结局”，尤其是在上演着一幕幕宫廷和战争惨剧、反映艰难时代生活的作品中，即便有也十分稀少。

莫奈劳斯·斯蒂芬尼德斯（Menelaos Stephanides）